KB053615

인연의 끈

양재봉 제3수필집

정은출판

분신

오늘도 텃밭으로 내려섭니다. 딸기, 고추, 수박, 방울토마토…. 텃밭엔 십수 종의 작물이 뿌리를 내리고 살지요. 모두 제 자식 같은 존재들입니다. 하지만 저는 저 작물들 특성을 다 헤아리지 못합니다. 다 품고 싶지만 벅차다고 소홀하기도 합니다. 그래서인지 때론 내 잘못으로 명줄을 놓는 것들이 생겨납니다. 그제야 뒤늦게 다하지 못한 임무를 꾸짖습니다.

내 글밭도 그러지 않은지 되돌아봅니다. 텃밭에 푸성귀 잎이 시들어 죽어가듯 덜 성숙하고, 틀리고, 비틀어진 마음으로 쓴 글을 보며, 이걸 누구에게 들키면 어쩌나 덜컥 겁이 납니다. 글은 내 분신과 같다고 말하면서도 배움을 게을리한 대가입니다.

그러는 족족 사랑으로 이끌어 주시는 K 선생님 덕분에 바로 잡고 일어섰습니다. 선생님과의 인연의 끈을 맺게 됨은 저에겐 행운이었고 큰 기쁨이었습니다. 삶의 활력이었고 성취감을 품을 수 있었습니다. 이 세상 다하는 날까지 끊어지지 않을 튼튼한 끈이라 늘 감사했습니다. 그런데 선생님 건강에 문제가 생겼습니다.

잘못된 글을 대할 때 덜컥 겁을 먹었던 것처럼 내 안에 걱정만 그득합니다. 말로는 쉬셔야 한다면서 선생님 어깨로 짐을 잔뜩 올려드렸습니다. 은혜 하날 가슴속에 또 묻습니다.

이제 문우님, 벗을 비롯하여 사랑하는 분들께 『인연의 끈』을 올립니다. 다시 더 알찬 내용으로 채울 수 있게 거리낌 없는 채찍을 부탁합니다.

2021. 7

玄原 양재봉

차 례

1부. 특별한 인연

2부. 생존 법칙

3부. 인연의 끈

4부. 꼴찌와 32라는 숫자

5부. 보고 싶은 얼굴

6부. 참 좋은 사람

1부

특별한 인연

민들레 홀씨처럼

동짓달이 오자 화분을 옮겼다. 섣달 추위에 잎이 오그라들 것만 같아서. 유리온실은 가온하진 않지만 따뜻하다. 찬 바람을 막아주고 햇볕이 만들어낸 온기를 벽과 바닥에 품었다가 기온이 내려간 밤에 조금씩 그걸 내뿜는다. 춥지만 시린 발 동동거리진 않겠다.

사나흘에 한번 유리온실로 걸음을 옮겨 눈으로 화분을 쓰다듬는다. 시원스럽게 뿜어내는 분수 호스를 들이대고 많이 머금어라, 사랑한다며. 정성만큼 자라다오 했으니 잘 버텨줄 것이다.

1월이 시작되었건만 옆자리에 더부살이하던 민들레, 괭이밥,

셀러리도 삶을 연명한다. 아니다. 원래 그들이 주인이다. 화분들이 이방인이지만 내가 주인을 바꿔 부름이란 걸 민들레가 만들어낸 꽃대를 보고 깨닫는다. 이곳에서 1년을 살았을 터줏대감 아닌가.

바람이 없는 이곳은 민들레가 홀씨를 날릴 환경이 아니다. 공처럼 둥그렇게 만들어 놓고 바람 한 점 연정으로 불러들이고 싶지만 기다림은 짝사랑일 뿐. 그냥 품고 가야 한다.

나도 그랬다. 두 번의 수필집을 내고 한 해가 흘러갔다. 그간 눈으로 마음으로 손끝으로 허접한 글이지만 민들레 홀씨처럼 그득히 꽃대 하나에 담을 만했다. 꽃으로 피워내 날리면 귀엽다 받아들이고 보아줄 것인가 걱정이 앞서지만, 준비를 서둘렀다.

마음, 몸, 눈이 '인연의 끈'만 엮는다. 온실은 기차가 아주 잠시 머물다 지나가는 간이역일 뿐이었나, 가끔은 다녀가지만 민들레, 괭이밥에 눈 둘 여유 없는 날이 흘러갔다.

겨울이 지나고, 봄도 지나가던 5월이 저물던 날, 제3 수필집 '인연의 끈'이 꽃대를 올리고 윤곽이 드러났다. 하나하나에 이름을 달고 홀씨로 날아갈 준비로 분주하다. 홀가분한 것인가, 불어서 날리진 못하지만 대신 집배원이 그 홀씨들을 배달해 주겠지.

문득 온실에 민들레가 궁금했다. 날 기다리고 있었던 걸까, 둥그렇게 꽃을 피워낸 그대로다. 녀석이 유전자를 남기려면 홀씨를 날려줘야 한다. 허리 굽혀 살며시 꽃대를 꺾었다.

온실 밖으로 나와 명당을 찾는다. 바람이 달려드는 걸 손으로 막으며 헤맸다. 넓은 마당 한복판에서 손을 높이 들었다. 바람이 오랜만에 맛보는 맛있는 요리를 탐하듯 달려든다. 북풍은 한쪽으로 불건만 빌딩에 부딪힌 바람에 홀씨가 흩어져 사방으로 퍼진다.

내 수필집 속의 글들도 민들레 홀씨도 좋은 곳에 안착하여 누군가의 사랑을 담뿍 받았으면 좋겠다.

낡은 밥상

다락방으로 올라갔다. 잘 안 쓰는 물건이나 조금씩 꺼내 쓰는 물건이 쌓인 곳. 무얼 찾고자 하다 없을 땐 최종적으로 그리로 기어오른다. 내일은 산행하는 날인데 시원한 여름용 모자를 어디에다 두었는지 가마득하다.

뒤적이는데 옆에 비스듬히 서 있는 밥상에 눈이 닿았다. 빛바랜 모습을 보니, 이것도 내가 나이를 먹은 것처럼 연륜이 되었구나 싶다. 생각이 세월을 거슬러 오르니 이 밥상 앞에 앉았던 식구들 얼굴이 하나하나 떠오른다.

아내가 딸을 가졌을 때 공예사업을 시작했다. 입덧으로 고생하는 걸 챙겨줄 여유 없이 창고를 짓고, 물건을 들이고 만들며 거래처를 확보해 나갔다. 신상품 개발에서부터 생산까지, 초보 사장은 밤을 잃은 나날이 연속이었다.

열심히 노력한 덕분일까, 사원이 한 사람 한 사람 늘더니 15명에 이르렀다. 150평 대지에 발 디딜 틈 없이 들어선 창고와 작업실, 열세 평에 불과한 살림집엔 점심때가 되면 안방에 상 두 개, 비좁은 입식 부엌에 상 하나가 펼쳐진다.

세 살 난 아들을 업고, 갓 낳은 딸은 가슴에 품고 시작된 밥상 차리기는 딸이 초등학교를 들어갈 때까지 멈춘 날이 없었다. 총각이었던 부사장은 세 끼니를 나와 함께 했으니 밥상을 수도 없이 펴고 접었다. 부드러운 행주로 닦았겠지만 칠은 벗겨지고 닳고 또 닳았다.

난 늘 바빴다. 한마디 불평 없이 그 일을 해내는 아내가 힘든지 돌아볼 여유조차 없었다. 원자재 구하러 서울로, 부재료 구하러 부산으로 전국을 누비며 다녀야 했다.

그 시절 우린 부부싸움을 했었는지 기억에 없다. 한가히 그럴 시간마저 없었으니까. 지금 되돌아보면 바쁜 삶이 여사한 감정 따위를 차단했는지도 모른다.

장부를 정리하고, 내일 납품할 물건을 점검하면 늘 새벽 1시가 되었다. 안방으로 들어가 보면 아기구덕에 손을 얹고 잠든 아내, 아기가 뒤척일 때마다 잠결에 구덕을 흔드는 낯선 여인을 보았다. 슬며시 아내 손을 빼고 내 손을 아기구덕에 얹고 잠이 들었지만, 아침에 일어나 보면 다시 손이 바뀌어 있었다.

수많은 날 중에 아내가 딱 한 번 서운하다는 말을 한 적이 있다.

"오늘도 당신에게 들은 말 한마디 '밥 줘'뿐입니다."

난 그 말뜻이 뭘 말하는지 알지만 그때뿐이었다. 그 서운함을 다독여 줄 시간이 내겐 없었다. 나와의 인연을 후회하진 않았을까, 그렇게 밥상이 닳아 가듯 세월은 또 흘러갔다.

비좁은 땅에서 넓은 땅으로, 작은 방에서 큰 방으로, 밥상을 펴지 않아도 되는 식탁을 갖춘 3층짜리 건물이 완성되었다. 하지만 IMF가 단 한 번도 그 편리를 누리게 허락지 않았다.

여러 가지 사연으로 사업 정리를 시작했다. 사원들이 하나 둘 떠나더니 우리 부부만 남았다. 아이들을 학교 보내고 나면 아내와 나는 작업실에서 상품을 만들었다. 그동안 못했던 대화, 서로 바라볼 짬도 없었던 날들이었다. 바쁜 시간을 밀어내자 서로 다독여줄 여유도 생겼다. 둘만을 위해 작업대에 차려진 찬 없는 점심이지만 꿀맛이었다.

풍요한 삶을 위해 앞만 보고 달렸던 30대는 그렇게 흘러가고, 사업 정리를 하며 둘만의 공간에서 40대는 또 다른 삶을 살았다. 시간의 여유였을까, 다른 욕심이 고개를 들었다. 공부를 시작했다.

마음의 여유를 가지고 살자는 생각으로 취미생활도 늘렸다. 서예, 서각, 환경, 봉사, 텃밭 농사. 그도 하다 보니 욕심으로 아득바득 수를 늘려갔다. 부담을 털어버린 프로가 아마추어로의 전환은 한편으론 즐거움이다.

50대 중반에 수필가로, 다시 시인으로 이름을 올려 환갑을 넘겼다. 어쩌면 나는 모두 채우고 떠나려는 욕심쟁이인지 모른다. 끝없는 욕심이 자꾸만 덧대며 꿈틀댄다. 다시 아마추어에서 프로가 되고픈 욕심으로 컴퓨터 앞에 자주 앉는다.

아들이 30대로 접어들었다. 내가 걸었던 그 길, 사업을 시작한 아들에게 뭘 말해 줘야 할는지. 프로가 되라 할까, 아마추어로 살라 해야 할까,

저 밥상처럼 한편에 치우쳐진 편안한 휴식은 원하지 않지만, 다시는 그런 바쁜 세월도 원치 않는다. 그런데 이젠 아내가 욕심을 부린다. 전통음식 교육장 사업 인가를 받더니 관련 늦공부와 함께 매일 바쁘다.

아내가 오늘 아침으로 챙겨 준 빵 한 조각에 요구르트 한 그릇이 부족하다며 허기를 부르고 있잖은가. 스스로 찾아 먹어 본 적이 없어 뭔가 혼란스럽다.

이 낡은 밥상으로 아내가 나를 내조했듯, 이젠 내가 외조를 해야 한다. 이왕 해 줄 거면 외조도 프로가 되어야지.

들러리

환경교육 회의가 있어 참석했다. 올해 맡은 교육청의 담당자는 젊은 여직원이다. 10여 년을 운영해 온 전문 강사진을 의식함인지 진행함에 어려워하는 모습이 자주 보인다. 장학관은 오랜 경험으로 아는 눈치지만 묵묵히 지켜본다. 회의를 진행하는 담당자의 역할을 대신하는 일은 끝날 때까지 단 한 번도 없었다.

사람들은 누구나 주인공이 되고 싶어 한다. 자신을 내세워 돋보이고 싶은 욕망을 가졌다. 주인공이 아니건만 그 역을 빼앗는 일도 허다하다. 지난달 아들 결혼식을 올리면서 들러리의 중요함을 새삼 느꼈었다.

하객으로만 참여하다가 혼주가 되었다. 해야 할 일과 자리를 지켜야 할 부분이 많겠다. 친구에게 내가 미처 못 할 부분을 부탁했다.

"자넨 힘들고 어려운 일만 하시게, 난 축하만 받겠네."

격 없이 지내는 사이라 농담 한마디만 던졌다. 그는 당연한 듯 내 들러리가 되었다.

결혼식 날이다. 멋진 신랑과 아름다운 신부가 많은 사람 앞에 모습을 드러냈다. 두 사람은 주인공이다. 오늘만은 혼주인 양가 부모도 주례 선생님도 모두 두 사람을 위해 기꺼이 들러리가 된다.

부신랑 부신부, 사회자, 축가를 부르는 사람, 수많은 사람이 함께하는 날이다. 때로는 깜찍한 모습으로 화동들이 꽃다발을 들고 웨딩마치 길을 걸어간다. 아이가 귀한 시대라서 더욱 그런 걸까, 보는 것만으로도 미소가 절로 난다. 아이를 유난히 좋아해서일까, 혼주로서 신랑 · 신부가 주인공이련만 그 시간도 기대가 되었다.

얼마 전, 친구 L의 아들 결혼식 날이었다. 그날의 신부는 유아원 교사였다. 화동들의 입장도 좋았지만 10여 명의 꼬마들이 율동과 함께했던 축가는 하객에게 큰 즐거움을 안겨 주었다.

며느리도 유아원 교사다. 당연히 귀여운 여아와 남자아이가 둘이서 손잡고 들러리가 되리라. 상상만으로도 즐거운 날에 청량감을 더해 주리라며 기댈 했다.

내가 바라던 화동의 등장이나 축가는 없었다. 귀여운 꼬마들을 볼 수 있을 거라는 기대는 물거품이 되었지만, 결혼식은 많은 하객의 축하 속에 성대하고 경건하게 끝을 맺었다.

피로연이 시작되었다. 많은 하객을 만나면서 미소와 함께 시간이 흘러갔다. 피로연장을 밝게 밝혀놓은 전등 때문에 날이 저문 줄도 몰랐다. 밖으로 나와 보니 어둠이 내려오고 있었다. K의 차를 타고 집으로 돌아왔다.

텅 비었을 아들 방은 부산에서 내려온 처조카가 들고, 딸 방엔 처형과 아내가 오랜만에 하고픈 이야기로 꽃을 피운다. 안방에도 거실과 서재에도 친인척 웃음으로 넘친다. 아들이 떠난 적적함을 털어내 주었다. 손주들 재롱에 웃음소리가 마당 너머 한길까지 흐르겠다. 모두 가는 날까지 들러리 몫을 다 함이다.

신랑 · 신부가 일주일간의 신혼여행을 끝내고 돌아왔다. 무사히 귀국한 것만으로도 고마운 일이다. 성대한 만찬은 아니지만 소박한 음식을 놓고 식탁에 둘러앉았다.

꼬마 들러리를 기대했었다는 말에 며늘아기가 답한다.

"그 훈련을 시키려면 아이들이 여러 날 고생합니다. 동료 교사 결혼식 때 출연하는 아이들을 준비시키면서 어르고 달래며 가끔 야단을 치는 걸 보면서, 난 그러지 않겠노라고 다짐했었습니다."

그랬다. 내가 생각이 짧았었다. 한순간 눈요기나 재미를 위해 많은 시간을 준비해야 했을 어린아이들을 생각하지 못했다. 서커스에서 채찍과 음식으로 훈련하고 나온 동물과 연관시키니 그걸 바랐던 내 생각이 많이 모자라 보였다.

장학관님과 식사하는 자리에서 슬쩍 들러리 역할에 대해 말문을 텄다. 후배들이 빠르게 업무를 익힐 수 있어 존경하는 선배님일 것 같다고. 미소를 머금고 과거 얘기를 들려준다.

"초임 시절에 회의 진행을 맡기로 하여 밤을 새워 가며 연습을 했지요. 하지만 회의 진행은 끼어든 상관이 다해 버려서 내가 할 역할은 없었습니다. 난 그런 상관이 되지 않기로 다짐했습니다. 들러리 역할을 더 잘하는 사람이 되자고…."

K 얼굴이 떠오른다. 하객 숫자 관리, 기사 노릇도 해야 했고, 스스로 온갖 심부름도 도맡아 했다. 동분서주하며 식사도 제대로 하지 못했으리라. 그를 불러 소주잔에 고마운 마음이라도 담아 건네야겠다.

우리의 삶엔 주인공이 되기도 하지만 들러리의 삶이 더 많다. 그런데도 늘 주인공 행세를 하려는 사람이 있다. 내가 주인공인지 들러리인지를 망각하면 안 된다. 초대받은 자리에서조차 주인공이 되려는 욕심을 부릴 때, 그 인격도 어긋남을 많이 보아왔다.

들러리 역할을 잘하는 사람이 존경받는다.

숫돌

"칼 갑니다. 번쩍번쩍 빛나고 잘 들게 갈아 드립니다."

동구 밖에서 들려오는 소리에 그리로 걸음을 옮겼다. 삼륜 오토바이를 세워 놓고 확성기를 들어 동네 안쪽으로 외쳐댄다. 첫 집 할머니와 옆집 아주머니가 칼을 들고 나왔다.

오른손이 손잡이를 돌리면 왼손은 빙글빙글 돌아가는 숫돌에 칼을 들이댄다. 불꽃이 튕기고 쇳가루가 날리면서 거무튀튀하던 칼이 새것처럼 속살을 드러냈다.

수고비로 500원이 건네진다. 적은 돈이지만 촌에서는 무시 못 할 액수다. 첫 집 할머니는 할아버지가 돌아가시자 해결할 방법이 없었겠다. 세 개의 부엌칼을 갈고 내미는 돈이 사뭇 아까운 듯 보였다.

어릴 적 우리 집 마당 구석엔 숫돌이 늘 놓여 있었다. 각목에 나무를 조금 파서 집어넣은 것과 중간 연마용 그리고 마무리 숫돌이 늘 형제처럼 나란히 놓여 아버지를 기다렸다.

칼, 낫, 때로는 필요한 모든 것이 그것에서 다시 태어나듯 벌겋게 슨 녹을 지워냈다. 어렸을 때 눈으로 바라본 숫돌은 대단함 그 자체였다. 우린 그것을 만지면 안 된다. 장난감이 없던 시절, 아버지 흉내를 내다가 숫돌에 흠집을 남겼던 날 예상을 넘는 치도곤을 맞았다. 그 후론 근처에도 가지 않았다. 그만큼 아버지는 숫돌을 귀하게 여겼다.

아버지는 날을 세우는 데는 전문가다. 보리를 베는 낫은 다른 사람이 연마한 것보다 훨씬 잘 들고 하루를 내리써도 무디지 않는다고 한다. 이발관을 운영하면서 수도 없이 면도날을 세웠으니 그럴 수밖에. 날을 세울 때면 곁에 쪼그려 앉아 지켜보았다. 정성이 이만저만이 아니었다. 날에다 손을 살며시 대고 진단한다. 잘 갈린 낫은 종잇장도 소리 없이 잘려나갔다.

5월이 얼마 남지 않았다. K 은사님께서 30년 정든 집과의 인연을 뒤로하고 제주 시내 아파트로 이사를 하신다. 정원과 곱게 깔린 마당의 잔디와 텃밭을 떠나셔야 한다.

난 3층 건물을 모두 사용하고 있다. 맨 위층이 주거 공간이므로 아파트 삶과 다름없고, 1층으로 내려가 텃밭으로 들어서니 단독주택이나 또 다름없다. 그래서일까, 아파트와 단독주택의 장단점을 몸으로 느끼며 살았다, 그런 부분을 잘 알기에 스승님께서 아쉬워하실 마음을 헤아려 보려 하지만, 믿음직한 자녀와 사랑하는 손주의 정이 더 필요할 거라며 아쉬운 마음 눌러 놓았다. 조금 멀리 떨어지는 것도 이별이라며 서운한 마음 감출밖에.

이사 준비로 정리를 하면서 숫돌 세 개를 건네주셨다. 목수와 공예 사업을 하던 경험으로 그 숫돌들이 오랜 세월을 쇠가 갈리고 날을 세웠음을 안다. 소중히 받아 들었다.

집으로 돌아와 찬찬히 살펴보니 여사한 농촌 촌부들의 것과는 다르다. 세월의 흔적 속에 장인의 손길처럼 낫을 갈아 왔던 흔적을 본다. 아무렇게나 날을 세웠던 숫돌이 아니다. 닳은 흔적이 규칙적이다. 낫은 날이 둥글게 휘어 있어 칼과는 다르게 숫돌이 파인다. 그곳에서 일자로 펴진 칼의 날을 세울 때 예리한 날을 얻기란 어렵다.

물려주신 숫돌은 각진 것이다. 낫과 칼을 연마할 때 각기 다른 면이 사용되었던 흔적이 면마다 뚜렷하게 남아 있다. 칼이나 낫을 갈던 전문가가 없었던 시절, 너나없이 스스로 해결해야 했던 시절이다. 칼만 잘 갈아줘도 동네에서 여인에게 인기가 좋았다고 한다.

열두 살 어린 나이에 목수가 되었다. 처음부터는 아니지만 조금 이력이 붙으면 대패와 끌, 자귀나 장도리의 날을 세우는 법을 배워야 한다. 팔이 떨어져라 아파도 왕복운동을 멈출 수 없었다. 잘못 갈리면 선배들이 내리는 호된 호통을 견뎌야 했다.

날을 세우는 것은 조급한 마음을 앞세워도 잘 서지 않는다. 급히 세운 날은 나무를 몇 번 밀었을 뿐인데도 무디어 버린다. 그런 원리를 배운 덕분에 농사를 지으면서 어른들께 칭찬을 많이 들었다. 온종일 보리를 베어도 날이 좀체 무디지 않는다고.

숫돌을 사용하는 방법과 좋은 숫돌을 보는 안목도 터득되었다. 좋은 숫돌은 값도 만만치 않다. 숫돌은 대부분 일본에서 건너온다. 초벌 갈이, 중벌 갈이, 초세라믹 숫돌 세 가지가 쓰였다. 질이 좋지 않은 숫돌은 가루만 많이 생기며 오래 쓸 수가 없고 날도 잘 서지 않는다. 날을 세울 때 전문가는 숫돌부터 살폈다.

목수들은 재질이 단단하면서 잘 갈리는 숫돌을 손에 넣으면 빌려주지 않고 혼자만 사용했다. 그 시절엔 이발관에서도 숫돌은 매우 중요시했다. 면도날은 예리하지 않으면 면도할 때 수염이 뽑히듯 한 아픔을 느낀다. 면도사가 되기 위해서는 면도날을 잘 세우기 위해 갈고 또 갈던 모습을 보았다.

보리가 황금빛을 보인다. 스승님이 물려주신 숫돌에 물려주신 낫을 문질렀다. 낫도 대장장이가 쇠를 굽고 망치로 두들기며 만든 옛것이 하나 있었다. 요즘 기계로 만든 것은 쇠가 무르거나 강한 쇠를 기계로 너무 얇게 펴서 그런지 날에 이가 종종 빠진다. 그것들에 비할 게 아니다. 잘 담금질 된 쇠다. 왕복운동으로 연마하는데 무게가 묵직하다.

날에 엄지를 살짝 대어 본다. 날을 타고 흐르는 살갗이 미끄러짐이 없다. 500여 평 됨직한 밀밭을 콧노래 흥얼거리며 모두 베어냈다.

별 하나, 돼지고기 한 점

구름 한 점 없이 하늘이 청명하다. 하늘이 높다는 가을, 이 계절이 무더운 여름을 말끔히 벗어났다는 표현일 것이다. 밤이면 별이 조금은 더 모습을 드러내 줄까.

바쁘게 산다는 건 핑계다. 관심이 덜했겠지. 몇 년 전부터였을까, 밤하늘이 맑디맑은 날에도 별이 별로 보이질 않았다. 금성을 제외하면 겨우 몇 개 희미하게 가물거릴 뿐. 보석을 뿌려 놓은 듯했던 그 수많은 별은 밤하늘에서 슬며시 지워지고 없다. 대도시에선 저 금성이나마 보이려나.

아들이 날씨가 좋다며 옥상에 올라 고기를 구워 먹자고 한다.

준비하느라 계단을 쉼 없이 오르내리는 소리에 군침이 돈다. 녀석이 20여 일 전부터 옥상을 멋지게 꾸밀 거라며 분주했다. 용접하는 강렬한 불꽃의 빛, 쇠와 나무를 자르는 기계 소리가 멈추자 LED 등으로 사방을 치장한 옥상은 하늘에서 내린 별을 가둬놓은 것 같은 별천지가 되었다.

20여 년 전, 3층 집을 층층이 조금 높게 올린 우리 집 주변엔 높은 건물이 하나도 없었다. 고작 15m 높이밖에 안 된 건물이지만 주변이 확 트였다. 옥상에 올라 평상을 등지고 누우면 하늘에선 별이 쏟아져 내려왔다. 아름답다는 말이 절로 나오며 시인이 된 것처럼 별을 노래했다. 윤동주의 명시 '별 헤는 밤'도 저 별들이 있어 지어졌고, 고흐의 '별이 빛나는 밤'도 저 별이 없었다면 명작은 없었을 거라며 별을 찬양했다. 나를 둘러싼 사위가 암흑이던 시절이었으니 별은 더욱 빛났다.

지금은 어둠이 내려왔지만, 주변을 밝힌 가로등과 어화, 문명의 빛이 전해진다. 제주 시내에서 쏘아 올린 불빛과 이웃 명소 마을에서 보내는 희뿌연 빛으로 사물의 윤곽을 알 수 있다.

지글거리는 소리, 발갛게 피어오르는 숯불에 고기가 익는다. 고기를 씹으며 바라보는 하늘엔 여전히 금성 별 하나, 다른 별은 희끄무레해 아예 눈이 가질 않는다.

초등학교 1학년이 된 딸과 3학년이었던 아들은 이 집에서 자랐다. 미소를 지으며 맛있게 고기를 씹어 먹는 건 건강하다는 증

거다. 더 바라는 게 있다면 욕심이리라. 하지만 아이들도 아쉬워하는 게 하늘에서 사라진 별이라 한다. 바쁘다며 바라보지 않고 살아온 대가일까, 느끼지 못하던 사이 없어져 버린 자연의 재앙이다. 아들이나 딸이 결혼하고 손주가 태어나면 저 마지막 남은 금성이라도 보여 줘야 할 텐데.

우주가 화난 얼굴로 경고하는 메시지가 들리는 듯하다. 하늘에 별을 지우고, 바다에 자연산 전복을 사라지게 하고, 욕심 많은 너희들만 편리하게 살려는 죄로 너희들도 지구에서 지워버릴 거라는. 상상으로 지어낸 협박이지만 무섭다.

대형 석쇠엔 빈자리 없이 고기가 구워진다. 그 옛날 은하수처럼 빼곡하다. 풍요가 아닌가, 우린 그렇게 넉넉함을 누려 왔다. 우주 가까이 자꾸만 건물을 올리며 신의 영역까지 밀어내며….

숯불이 사그라져 만찬이 끝나간다. 넓은 석쇠엔 달랑 돼지고기 한 점 남아 외롭다. 지금 머리에 이고 있는 별 하나와 닮은꼴이 되었다. 우리도 머잖아 그리될지 모른다는 위기감이 엄습해 온다.

지구촌 사람들이 별 하나씩 붙들어 오면 어떨까, 불가능이란 걸 알기에 허망한 생각이 무게로 짓누른다. 자연은 망가지면 회복하기 힘들다는 걸 알기에 그렇다. 하늘을 닦아 별을 불러올 수만 있다면.

이젠 하늘에 반짝이던 별은 동화 속 이야기가 되어버리는 걸까, 신선이 호랑이를 타고 달리고 웅녀가 마늘과 쑥을 먹고 사람이 되었다는 신비한 이야기처럼.

목소리

약속 시각을 정하면 언제나 어김이 없었다. 늦어서 다른 이의 시간을 허비하게 한다는 것은 시간 도둑이란 생각으로 살았다. 그러다 보니 약속 장소엔 늘 1~2등으로 도착한다.

중요한 회의가 있었다. 법인 대표이사로 회의를 진행해야 한다. 미리 준비하고 집을 나서는데 급히 문서 하날 보내 달라는 전화를 받았다. 컴퓨터를 열어 보내고 나니 시간이 빠듯하다. 서둘러 차를 달렸지만, 약속장소 부근에 도착해 보니 2분이 지났다.

마음이 급했다. 주차장으로 들어서는데 모퉁이에 불법 주차된 차를 보지 못하고 긁고 말았다. 수십 년 운전을 해 왔지만 처음 있는 일이다. 완벽주의로 자처해 왔는데 오점을 남기고 말았다.

상대는 외제 전기차다. 전기차는 근래에 나왔으니 신차일 것이다. 내 잘못을 생각하기 전에 세워서는 안 될 곳에 주차한 차주에 대한 원망으로 미간을 찌푸렸다. 전화번호를 쓴 메모지를 남겨두고 회의장으로 들어갔다.

회의 중에 차주라는 사람으로부터 전화가 걸려왔다. 젊은 남자 목소리다. 회의로 잠시 후에 전화 드리겠다는 말을 전하고 끊었다. 피해를 본 사람으로서 기분이 나쁠 것 같지만 어쩔 수 없는 상황이다.

회의를 마무리하고 전화를 걸었다. 차주가 화가 많이 났을 것이라는 짐작이 간다. 하지만 나도 곱지만은 않은 기분을 넣은 목소리가 건너갔다. 그런데 전화를 받는 목소리가 뜻밖이다. 불법주차로 원인제공을 해서 죄송하다고 한다. 나도 급히 서둘다 보니 조심하지 못해 피해를 줬다며 사과했다. 서로 부드러운 말로 사고 처리를 의논하게 되었다. 수리해야 하므로 마음에 드는 수리업체에 맡기라고 했다. 그리곤 보험처리를 했다.

큰 사고도 아니고 차가 긁힌 정도니, 크게 문제 될 것은 없다. 맘 좋은 차주와 다툼 없이 보험 적용받아 수리하기로 해 일단락되었다.

다음날 차주에게서 전화가 걸려왔다. 1급 자동차 수리업체에 맡겼더니 수리비가 110만 원이라며 과한 수리비에 놀란 목소리다. 도색을 하려면 적은 면적도 수십만 원 한다며 얼른 수리해서 차 사용에 불편함이 없게 하라고 했지만, 2급 수리소엘 찾아가 보겠다고 한다. 몇 시간이 흐르고 다시 전화가 걸려왔다. 90만 원에 수리하기로 했단다.

보험회사에서 부담할 금액이다. 차주에겐 1급 수리 공장에서 수리받는 게 좋다. 하지만 그는 2급 정비소로 옮기며 불편을 감수하고 있었다. 그리고 궁금해할까 봐 연락드린다며 수리가 다 되자 마무리되었다는 전화까지 준다.

가만 생각해 보니 그는 전화 말미에 공손한 인사도 늘 잊지 않았다. 미안합니다. 고맙습니다. 안녕히 계세요. 그도 불법 주차로 10%의 책임을 져야 한다. 적은 돈이지만 피해액이 있으면서 시종 관대할 수 있다는 게 예사 사람이 아니라는 생각이 들었다. 타인에 의해 그런 사고가 나면 화부터 내고 목소리 높이는 게 상식처럼 굳어진 사회 아닌가.

사람의 목소리는 다양하다. 전화 속 목소리로도 그 사람이 화가 났는지 슬픈지 적대감을 보이는지 알 수 있다. 그의 목소리는 늘 상냥했다. 미안해하는 진심이 담겨 있었다. 생각해 보니 처지 바뀐 갑과 을처럼 흘러간 며칠이었다.

난 어떤 사람이었나. 배려한다고 하면서 살아왔는데 한순간 불법 주차한 그를 원망하며 책임을 전가하려는 마음도 가졌었다. 나이 많은 내가 생면부지의 그 젊은이에게서 참된 배려의 한 수를 배운 것 아닌가.

그는 대면을 한 적도 없고, 사고 처리가 끝나면 잊히고 말 인연이다. 그런데 이렇게 가슴에 남아 그 사람을 글로 남기고 있다. 누군가에게 남겨질 내 행적이다. 좀 더 신중하고 배려해야겠다.

하늘이 유난히 맑아 보인다.

특별한 인연

설이 이틀 앞으로 다가왔다. 코로나19로 5인 이상 집합금지라며 떠들썩하다. 그간 사촌 형제들과 조카들을 거느리고 다섯 곳의 집안 차례를 지내 왔다. 아들과 조카들에게 제관과 집사를 돌아가며 하게 정해 주고 전통을 바르게 배워 이어갈 수 있게 해 왔다. 조상님이 있어 내가 있음을 강조해 왔건만. 어쩌겠는가, 나라에서 정한 것을. 우리도 방역수칙에 따라 차례 지내는 걸 자제하기로 했다.

여유 있는 시간이 되었다. 3층 서재에서 바라보이는 겨울 바다가 시원하다. 글줄이나 하나 채워 넣노라고 컴퓨터 앞에 앉았다. 지마가 낑낑거리는 소리가 들렸다. 창을 내다보니 또 와리가 줄을 끊고 밖으로 나갔다. 와리는 제법 큰 개다. 지나는 사람이라도 놀라게 하면 안 되겠기에 급히 계단을 내려갔다.

힘이 장사다. 녀석들이 묶여 있을 때도 운동을 할 수 있게 굵은 철사를 걸어 고리를 연결했었다. 철사가 중간에서 동강이 나 있다. 녀석을 불러들이고 철사를 이었다. 사그르르르 철사에 매달린 금속 고리가 철사를 따라 와리가 달리는 대로 따라가며 소리를 낸다. 분리 불안에 구속되었던 지마가 꼬리를 흔들며 반긴다. 짝이 되어 한집에서 살고 있으니 녀석들도 특별한 인연이 아닌가.

낯익은 차가 입구로 들어서더니 지척에 세운다. 사촌 동생이 마스크 줄을 귀에 걸며 건네는 눈미소가 언제 봐도 정겹다. 우리 둘만의 외부 공간임에도 마스크를 꾹꾹 누르는 철저함에 미소를 지을 수밖에 없다.

사과 상자를 꺼내 들고 아내를 찾는다. 한 살 아래 동생이지만 우릴 대함에 깍듯하다. 차분하고 심성이 넉넉한 그를 보면 늘 마음이 푸근해진다. 혈육이란 단단한 인연의 끈이 붙들어 있다는 걸 느끼게 하는 사람.

나라의 금지령에 차례를 지낼 일로 숙부님과 숙모님이 고민하시겠다는 걸 짐작하고 있었다. 벌금을 물더라도 다녀가셔야 한다며 웃는다. 그러자고 흔쾌히 대답하고 돌려보냈다.

설날 아침이다. 가족과 문전제를 지낸 후 홀로 숙부님 댁에 도착했다. 안도하는 마음을 읽는다. 모든 걸 유난스러울 정도로 믿고 맡겨 주시니 그 뜻에 따를 수밖에 없다.

동생과 조카, 나 셋이서 지내는 차례가 버겁다는 생각에 미친다. 아홉의 매를 올린 차례상 세 개에 올려놓은 제수로 음식이 그득하다. 예부터 전해지는 차례상 차림에 대부분 맞춰져 있다. 낭비 같지만 숙부님의 뜻이라 따른다. 아내는 명절이나 제사 때면 온종일 음식 장만하러 다녀가고, 제수씨와 사촌 여동생도 거들며 연년이 큰일을 치러왔다.

명절 때면 발 디딜 틈 없이 꽉 차던 거실이 썰렁하다. 제를 지내고 나자 사촌 동생이 산소엘 다녀온다며 분주했다. 없었던 일이다. 의아해하는 내게 숙모님이 얘기한다.

"아버지 산소에 제주나 한 잔 올리고 오라 했다. 제사를 모시던 오빠가 나이가 많아 못하게 되었어."

산소로 가는 동생을 따라나섰다. 산길을 걸며 자세한 사연을 들을 수 있었다. 숙모님을 낳고 스물여덟 살 젊은 나이에 돌아가신 숙모님의 아버지. 시어머니가 어린 딸을 맡기로 하고 젊디젊은 며느리에게 개가하라 했다. 시어머니의 희생과 배려가 흔치 않았던 시절이다. 심성이 얼마나 고왔으면 그러셨을까, 그런 할머니 슬하에서 숙모님은 자랐다.

숙모님의 어머니는 집안 어르신 뜻대로 이웃 마을로 개가했다. 어린 나이에 어머니가 문득 보고 싶을 때면 할머니께 허락받고 10리 길을 달려갔다. 새아버지도 좋은 분이셨나 보다. 자고 가라며 늘 웃어 주시던 분이셨다고. 그렇게 오가던 인연은 그 집 아이들과도 친해졌다. 성이 다르고 배도 다른 아이도 있었다. 그 아이들도 자라면서 숙모님을 종종 찾아왔다.

숙모님이 숙부님을 만난 후도 인연의 끈은 이어졌다. 숙부님도 지금껏 살아오시면서 화를 내는 모습을 본 적이 없다. 그런 심성이 그 아이들이 온 때마다 용돈도 쥐여 주며 살뜰히 대했다.

그들은 그걸 잊지 않고 있었다. 피 한 방울 섞이지 않았건만 산수를 바라보고 칠순을 앞둔 그들은 숙모님을 자주 찾아오고 명절엔 고기며 과일을 보내오곤 한다. 피를 나눈 형제들도 돌아서는 집안이 많은데 심성 고운 두 집안 사람들에 의해 그리 단단한 인연의 끈이 이어졌다.

바이러스의 공격으로 삭막하던 마음속을 따뜻한 온기로 채워왔다.

초보운전

강의가 있어 길을 나섰다. 내 차를 두고 한가하게 놀고 있는 아들 차를 몰고. 고급 차라는 이름값을 한다. 자동으로 조정되는 전자장치가 알아서 조작되니 운전하기가 편하다. 아들은 차를 언제든지 사용해도 좋다고 했다. 40년 넘게 이어 온 무사고 운전의 능숙함을 믿기에 그랬을 것이다.

목적지 근처 골목길로 접어들었다. 토요일이라 주차된 차량이 많다. 그때 문화센터 입구에 세웠던 차가 자리를 뜬다. 급격하게 늘어나는 차량으로 운전자는 누구나 주차 전쟁을 치르는 요즘이다. 그런 빈자리를 보면 횡재한 기분이 든다. 아마 센터 안 주차장은 수강할 사람이 많으니 혼잡하겠다는 생각과 강의가 끝나면 얼른 출발할 수 있겠다는 생각에 그 빈자리로 차를 밀어 넣었다.

콧노래를 부르며 강의할 자료들을 챙겼다. 요즘 마스크는 필수다. 여분으로 한 장 더 주머니에 넣었다. 차에서 내리기 위해 문을 열려다가 잠시 기다려야 했다. 앞에서 다가오는 자전거가 어째 불안하다. 앞바퀴가 좌우로 비틀거린다. 초등학교 5, 6학년쯤 되어 보이는 여자아이가 타고 있다. 요즘 그 나이에 자전거 타기가 서툴다면 가난한 집 아이일까, 공부만 열심히 하다 보니 배울 틈이 없었을지도 모른다는 생각이 교차한다.

뒤에서 오토바이 소리가 들리는가 싶더니 다가온 자전거가 내 차로 픽 쓰러진다. 화들짝 놀란 건 그 아이만이 아니다. 나와 오토바이 운전자, 문화센터로 들어가던 사람이 아이를 바라보았다. 또 혹시나 하는 불안한 생각에 차에서 내렸다.

아이는 멀쩡하다. 차를 살펴보니 제법 길게 그어 버린 흠집이 보인다. 오토바이 운전자가 혼잣말인지 아이가 들으란 소린지 내놓는 말. "비싼 외제차를 긁었으니 이를 어째."

자전거 타기 실력이 부끄러웠을 아이가 그 말을 듣는 순간 얼굴이 발갛게 변했다. 곧 울음이라도 터트릴 기세다. 초등학생에게 뭐라 하랴.

"괜찮아, 공터에 가서 연습 많이 하고 타거라. 잘못하다가 다칠라."

아무렇지도 않은 듯이 말은 했지만, 아들 얼굴이 떠오른다. 죄를 지은 마음에 꿈틀대는 불편함, 그러다 내가 초보운전 때 당했던 그때가 생생하게 떠오른다.

열일곱 살에 부산으로 올라갔다. 철물점 점원으로 취직이 된 것이다. 가게를 보고, 수금해 오는 것이 내게 주어진 업무다. 자동차가 귀했던 시절이다. 근무하는 형들은 묵직한 짐 자전거로 여러 상자를 거뜬히 싣고 거래처에 배달하거나 화물 취급소로 가서 지방으로 보냈다.

자전거 타기는 초보였다. 혼자 맨몸으로는 그런대로 달렸지만 작은 물건이라도 얹으면 비틀거리다 쓰러지곤 했다. 짐을 싣는 자전거는 그 자체만으로도 무거웠다. 바퀴만 해도 일반 자전거의 두 배나 두껍다.

그날은 거래처인 가구점에 수금을 다녀와야 한다. 접착제인 아교 3kg이 급히 필요하다고 하여 챙겨 뒤에 묶었다. 이 정도는 괜찮겠지 하며 출발했는데 복잡한 도시 속을 달리기가 영 불안하다.

한적한 골목길로 접어드니 공장지대다. 그곳 특성답게 트럭들이 길가에 즐비했다. 그 옆에서 기사들이 장기를 두고 있었다. 그들은 공장에서 나오는 물건을 싣고 물건 주인이 원하는 곳에 배달하고 수입을 올리는 사람들이다. 영세한 공장을 운영하는 사람들은 비싼 트럭을 사고 운전자를 채용하지 못했다. 그런 공장이나 트럭이 필요한 사람들을 겨냥한 용달차 사업이 호황을 이루기 시작한 시기였다.

트럭들 옆을 지나가고 있었다. 맞은편에서 오는 차를 피해 트럭 옆으로 붙인다는 게 그만 트럭에 부딪고 말았다. 가늘게 그어진 흠집이 보이지만 트럭엔 그보다 더 큰 흠집들이 많이 보였다. 장기를 두던 차주가 벌떡 일어서서 다가오더니 실금을 보면서 변상하라 윽박지른다. 늦봄 더위에 러닝셔츠만 입고 나왔었다. 서툰 자전거 타기로 땀에 흠뻑 젖은 날 스캔하듯 위아래를 검색한 그가 자전거에 실린 아교를 수리비 대신이라며 가져가 버렸다.

난감했다. 잘못을 저질렀으니 할 말은 없지만, 아교 가격이 1,000원 정도로 적은 금액이다. 돈이 문제가 아니라 급히 필요하다는 가구점에서 기다리고 있을 것인데…. 약속하다 못해 치사하다는 생각이 잘못을 덮는다. 다시 먼 길을 되돌아가 아교를 가져와야 했다. 초보운전이 부끄러워서 잊고 준비를 못해 가다가 되돌아왔다는 거짓말까지 해가며.

일요일이다. 아들이 임시 조치를 한다며 흠집 제거제를 바르고 있었다. 연신 문지르며 구시렁거린다. 마음에 들게 제거되진 않는가 보다.

"아니, 초보운전도 아니고, 어디다 긁힌 거야?"

놋그릇과 조청

새벽이 열리고 있다. 어둠이 채 가시지 않은 부엌에 불을 밝혔다. 어제 엿기름가루와 고두밥을 넣었다. 그걸 삭이느라 밤새 끙끙거렸을 커다란 밥솥, 100인용 하나, 50인용 세 개를 담요가 덮어 꼭 품고 있다. 온도와 시간, 재료의 질과 정성이 조청의 품질을 좌우한다. 어느 것 하나 소홀함을 용납하면 안 되는 작업에 담요의 사랑도 적잖은 역할이다.

엿물을 짜내는 작업은 아내 혼자서는 힘든 일이다. 보자기에 넣어 주무르며 엿물을 받아낸다. 뜨거운 김이 확 얼굴을 끼얹고, 만지는 손이 델세라 연신 맑고 찬 물에 손을 담가 식혀야 한다.

고두밥 알이 엿물에 들어가지 않도록 체로 걸러내는 일도 작은 일 같지만 중요하다. 그게 영업용 가스레인지에 올려지고, 가마솥, 전기솥에서 김을 뿜어내며 네 시간을 동동거려야 한다.

내 도움이 필요한 과정은 끝났다. 따로 마련된 작은 부엌에 아내만 남겨두고 교육장 한편에 마련된 책상에서 노트북을 열었다. 시간이 지날수록 달라지는 냄새, 뭉근하게 전해 오는 조청 익어 가는 냄새를 맡는다. 두 솥엔 구지뽕 열매가 들어가고 두 솥엔 우엉이 넣어졌으니 전해 오는 냄새가 뒤섞였다. 그걸 다르게 포집하는 내 코는 후각이 예민한 개 코나 다름없다며 혼자서 빙긋 웃는다.

넘치지 않게 저어가며 거품을 걷어내느라 아내는 솥에 붙어 있는데 나만 여유로운 시간이다. 전통음식을 지킨다며 늘 바쁜 일상인 저 사람의 열정이 대단하다.

멍멍이와 닭들에게 먹이를 주고, 교육장을 푸르게 장식한 화분들에 물을 주는 소소한 일이 내 소임이다. 하지만 내 손이 닿지 않으면 수많은 생명이 목숨을 잃으니 어느 것 하나 소홀하면 안 되는 일이건만 스스로 가벼운 일이라 말한다.

열어놓은 창문으로 바람이 들어온다. 날 보란 듯 가볍게 펄럭이는 달력으로 시선이 갔다. 오늘이 수요일임을 감지한 몸이 튕기듯 의자에서 일어섰다. 수요일은 물의 날이므로 꽃들에 물을 주는 날로 정했다. 바가지에 물을 떠다 흘려준다. 무척 목말랐으리라 생각하며, 내가 고마운 사람인 줄 알아라 콧노래도 흥겹다.

교육장엔 커다란 책장 열두 개가 벽에 붙어있다. 그곳 제일 높은 곳에 오른 놋그릇에 시선이 고정되었다. 스승님과 사모님께서 전통 교육장이니 옛것을 장식용으로 놓으면 좋을 것이라며 물려주신 저것, 두엇은 푸른 녹이 슬었건만 닦질 못하고 날만 지나갔다.

의자를 당겨와 밟고 올라서서 다시 높다란 탁자로 올라서야 손이 닿는 높이다. 그걸 조심조심 꺼내 들었다. 가마솥 부근에서 재를 모아다 수세미에 묻혀 닦는다. 스승님은 뇌경색 진단을 받고 투병 중이시다. 뇌 속에 혈의 흐름이 좋아지라는 듯이 닦아낸다. 팔이 아파라 밀고 또 밀었다.

놋그릇 닦는 게 이리 힘든 일이었던가, 예닐곱 살에 할머니가 보여주셨던 놋그릇을 떠올리며 힘겨운 삶을 살아낸 선조님들이 대단하다는 생각에 미친다. 할머니는 고조할아버지가 손수 만드셨다는 투박한 놋그릇을 커다란 광주리에 그득하게 담고 닦으셨다. 무기를 만드는 데 필요한 그것을 강제로 빼앗아가던 놈들의 눈을 피해 땅속에 묻었었다던 그릇, 조상님을 위해 제를 지내는 의미로 그릇 이상의 상징성이 있었으리라. 특히 시아버님이 마련해 주신 것이었으니 가보처럼 소중하게 지켰을 것이다.

내가 초등학생이 되던 무렵, 제사를 물려받은 어머니는 신여성이었던 걸까, 반짝반짝 빛나는 스테인리스 그릇과 놋그릇을 맞바꾸자는 그릇 장수의 제안으로 놋 제기는 더 모습을 볼 수 없게 되었다.

작년이었다. 숙모님께서 물려받을 마땅한 사람이 아내라며 건네준 스푼 한 꾸러미와 몇 개의 놋그릇이 우리 집으로 왔다. 스승님이 주신 놋그릇에 없던 스푼과 밥자를 곁들여 수를 더하니 한결 보기에도 풍성했다.

해가 머리를 뜨겁게 하고, 조청을 고며 내뿜은 김이 훅하고 얼굴을 훔치고 가는 더위도 견뎌낸다. 그래야 정성을 다하는 것 같았다. 반짝이는 놋그릇이 수를 더할수록 마음이 가벼워진다. 조청이 익어 갈수록 비릿한 구지뽕 열매 냄새가 코를 자극했다. 부디 좋은 약이 되어 달라 빌었다.

교육장을 내려다보는 제자리에 오른 놋그릇, 혹독한 고통의 시절, 일제강점기에 놈들에게 빼앗기지 않고 버텨냈던 인고의 힘을 스승님께도 옮겨 가길 빌었다. 소소한 힘과 정성일지라도 모이고 모이면 작지 않은 힘이 될 거라는 믿음으로 곳곳에 올려진 스승님이 물려주신 물건들을 눈에 들인다. 화분, 두상석, 콩짜개덩굴, 차반, 건조기….

구지뽕 열매를 넣은 조청, 서툰 약(?)이 완성되었다. 가을이라지만 지구온난화의 영향일까, 더운 날씨다. 곳곳에서 타오르던 불과 뜨거운 김의 공격에도 아내는 수건과 마스크를 벗지 않는다. 조청을 한 방울도 흘리지 않으려는 듯 정성껏 용기에 담으며 혼자서 미소를 짓는다.

아내의 정성과 옛 주인에게 전해질 놋그릇의 힘을 전하는 건 내 소임이다.

굉음

전기차가 소리도 없이 들어왔다. 반가운 친구 Y가 아닌가, 그는 내 장가갈 적에 부신랑으로 들러리가 되어준 고마운 벗이다. 가슴속에 고민을 털어놓으며 지냈다.

요즘 Y는 불면증에 시달리고 있다. 성격이 호탕하고, 긍정적이라 고민을 안고 살 사람이 아니다. 본인도 그렇다고 하는데 이유를 모르겠다. 불면증은 참으로 괴로운 증상이다. 만병을 불러올 수도 있기에 조기에 치료가 되어야 할 터인데 별다른 도움을 줄 수도 없고 걱정만 가슴속에 숨기고 그를 바라보았다. 동병상련이라고 가끔 불면에 시달리던 날을 떠올리며 친구의 고통을 함께해 본다.

봄이다. 짧아진 밤이 잠을 덜어 간다. 춘곤증으로 피곤한 계절, 거기다 간밤엔 굉음으로 잠을 설쳤다.

잠이 오려는가 싶은 자정을 곧 넘긴 때다. 소음기를 개조한 오토바이가 바르릉 푸다다다 폭탄 터지듯 커다란 소릴 내며 지나갔다. 가슴이 철렁하고 내려앉아 잠은 저 멀리 달아나 버렸다.

어쩔 것인가, 글쟁이가 글이나 쓰는 수밖에…. 수필 두 편을 쓰고 퇴고한다고 씨름하다 보니 새벽 두 시다. 평소대로면 이쯤에서 잠을 청하라는 뇌의 신호가 올 것이다. 혹사당한 뇌의 부름으로 이불을 덮었다. 눈이 감긴다. 꿀잠을 자게 해달라는 달콤한 소원을 빌며 아마 아시잠이 들었나 보다.

그놈일까, 반대편 차로를 달려 돌아가는 것 같은 굉음에 다시 잠이 깨어 버렸다. 나쁜 놈, 무뇌아, 욕이 나왔다. 솔직히 그보다 더 지독한 욕을 뱉어냈다.

잠을 못 자면 가장 곤혹을 치르는 게 심장이다. 부정맥이 있어 충분한 잠이 필수다. 그놈을 향해 욕을 한 대가를 치른다. 부르르 떨리는가 하면 멈춰버린 심장에다 정신 차리라며 가슴을 쥐어박는다. '참아야지, 심장아, 진정해라.' 달래고 어르며 다시 책을 펴들고 뇌가 잠을 요청하길 기다렸다.

새벽녘이 되어야 선잠에서 일어났다. 잠을 설쳐 몸이 나른하다. 조간신문을 펴들고 들여다보지만 몽롱한 의식으로 기삿거리가 허투루 들어온다.

텃밭으로 발길을 옮겨 귀여운 녀석들을 바라본다. 딸기, 고추, 참외, 수박, 방울토마토. 올해엔 미모사에 더하여 과꽃과 접시꽃 씨앗이 있길래 그것까지 주변에 심었다.

여린 싹을 틔우고 돌봄이 필요한 가녀린 모습으로 내 손길을 기다리는 녀석들, 난 저들에게 보호자 역할에 충실 한다. 거느리는 주인으로서 돌봐야 할 책임과 의무를 졌다. 저들이 다 자랐을 때 우리 가족과 지인들에게 보은이 되니 기특하지 않은가, 키우면서 심적으로 마음의 안정까지 얻으니 상생으로 우린 서로 주고받는 사이다.

주변엔 잡초가 호시탐탐 저것들이 필요한 양분을 빼앗아간다. 타인에게 나쁜 영향을 주는 그놈 같다며 매몰차게 그것들을 뜯어냈다. 나쁜 놈은 그뿐이 아니다. 해충과 질병, 그 예방을 위해 힘써야 하고, 열매가 달리면 달려드는 새들의 공격도 막아야 한다. 살아가는 주변엔 온통 나쁜 녀석들 천지라며 힘든 나날을 오늘도 견뎌낸다고 억울해했다.

하지만 그것들도 살기 위한 몸부림이다. 끈질기게 생을 부여잡아야만 생태계가 유지된다. 인간들의 필요에 의한 욕심으로 편애하고 있음이다. 자연만이 그들 편이다. 그것들이 잘 자랄 수 있게 따뜻한 입김 불어 감싼다.

사람도 남을 위해 도움을 주는 사람, 무심히 자기 할 일에만 열중인 사람, 피해를 주는 사람이 있다. 지난밤 폭주족은 많은 사람에게 피해를 주는 해충과 같은 존재다. 어쩔 수 없이 삶을 위한 행위라면 눈감고 가겠지만.

오토바이나 자동차 소음기를 개조하거나 떼어 버리고 달리는 놈들이 겨울엔 덜하더니, 기온이 올라가는 요즘은 빈번하게 잠을 깨우고 간다. 저것들을 응징하고 싶다는 미움만 가득 응어리를 틀었다. 뇌가 최선의 해결책을 짜느라 고민한다.

'관청에 민원을 넣어야 하겠다. 소음기를 없앤 오토바이나 개조한 자동차를 단속해야 하지 않는가, 집 앞에 과속 단속을 위한 카메라도 설치해 달라고.'

해결책을 생각하며 한길 옆을 따라 길게 줄지어 심은 딸기 쪽으로 갔다. 귀여운 아들 순을 내밀어 유전자를 남기려는 노력에 지금은 때가 아니라며 슬며시 잘라 버린다. 자손 번식은 6월까지 기다려야 하는 작물의 특성임을 어쩌랴. 곧 열매가 영글 듯한 꽃을 바라보며 말을 걸고 있었다.

쾅 하는 폭탄 터지는 소리가 들렸다. 묵중한 트럭이 신호를 기다리는 승용차를 들이받았다. 달려가 보니 승용차 트렁크가 납작하게 뒤에 의자까지 붙어 버렸다. 중형차가 소형차처럼 작게 보일 정도다. 다행이다. 한적한 시간이라 주변엔 다른 차나 사람이 없었다. 주행 중이 아니었기에 운전자도 크게 다친 것 같지 않았다.

경찰차가 도착했다. 트럭 운전자가 간밤에 잠을 설쳤는지 졸았다 한다. 예전엔 졸음운전을 책망했지만, 오늘만은 아니다. 잠을 설친 흐릿한 내 의식이 한 편이 되어 안쓰럽게 바라봤다.

간밤 폭주족은 무슨 사연이 있었던 걸까, 코로나19로 집콕했던 마음을 풀려고 나왔던 걸까, 문을 닫을 만큼 어려운 소상공인 중의 한 사람일까, 그를 이해하자고 마음 씀씀이를 넓히려고 애썼다. 그래도 오늘 밤은 제발 굉음을 내지 않기를 바라고 또 바란다 .

난 밤을 새웠어도 좀처럼 낮잠은 오지 않는다. 흐릿한 의식과 피곤해 보이는 핏기 가신 얼굴로 그냥 버틴다. 온몸에 힘이 빠져 쳐지고 일에 실수가 따르기 마련이다.

지난밤 설친 잠을 보충하려고 일찍 잠자리에 들었건만, 밤은 깊어 가는데 쉬 잠이 들지 않는다. Y가 보내온 메시지만 눈에 아른거린다. 걱정을 키울 게 아니다. 내일은 밭으로 찾아가 봐야겠다.

2부

생존 법칙

뿌연 세상
가짜 군고구마
서열
싸가지
부끄러운 이름
성깔 죽여야 성공한다
조심 덕
천사의 미소
특별한 배웅
생존 법칙

뿌연 세상

중국발 미세먼지 경고다. 옥상으로 올라가 바라보면 웅장했던 한라산도 푸른 바다도 모두 미세먼지가 삼키고 보이지 않는다. 주변 건물들도 흐릿한 세상 속으로 몸을 감추고 흰색 자동차엔 먼지가 잔뜩 앉았다.

온 세상이 흐릿하다. 그런 줄만 알았다. 늘 미세먼지가 점령한 하늘처럼 뿌옜다. 날이 갈수록 증상은 심해져 간다. 눈물이 줄줄 흘러내리는 걸 보더니 "아버님, 왜 우세요?" 며늘아기에게 걱정을 안기고 아들 어깨에도 짐을 얹어줬다.

눈을 비비며 모니터를 바라보다 안과를 찾았다. 찬바람 들면

배고파 우는 아이처럼 눈물이 하염없이 흘러내린다는 말에 의사는 건조증이란 진단을 내리며 약 처방을 한다. 백내장이라는 진단과 난시라며 안경 처방전이 또 추가되었다.

며늘아기가 약병을 내민다. 루테인, 오메가3 눈에 좋다는 걸 사 왔다며. 고운 마음과 정성을 생각해서 하루도 빠짐없이 먹었다. 몸에 좋은 음식을 검색하며 걱정하는 가족들 사랑도 내 몸 안으로 들여 분해하고 약으로 만들어갔다.

한 달이 지나갔다. 안경 없인 보이지 않던 달력 글자가 흐릿하지만 보인다. 희망을 보았다. 자제하던 모니터도 책도 다시 끌어안았다.

미세먼지로 기관지 환자가 급증한다. 사람만이 아니다. 자동차와 전자장비의 기능을 저하시킨다. 쇠가 녹슬어 수명이 줄어들고 농작물엔 중금속이 스며든다.

저것에도 처방전이 내려졌건만 지키지 않는다. 쓰레기가 산을 만들고 코로나19가 더하여 나라마다 사람마다 지구에 쇠말뚝을 박고 있다. 오늘도 뿌연 미세먼지 속을 택배 차량이 질주한다. 우리 집에도 내려놓고, 옆집에도 내려놓고.

가짜 군고구마

사월도 중순으로 접어들었다. 낮엔 햇빛이 제법 강하지만 아침저녁으론 쌀쌀하다. 코로나19로 강의가 모두 중단되었으니 외출할 일이 뜸하다. 텃밭에서 보내는 날이 늘어만 간다.

참외 모종을 심느라 어둠이 내리는 시간까지 동동거렸다. 다 심고 나자 물 호스를 들이대 갈증을 해결해 준다며 뿌렸다. 분사된 물이 강한 바람에 날린다. 몸으로 스미는 물세례로 으슬으슬 춥다.

먼지 묻은 몸 씻을 따뜻한 온수를 만들고, 거실 기온을 올리기 위해 장작 난로에 불을 지폈다. 난로가 열을 뿜기 시작한다. 바구니에 있는 고구마도 집어넣고 훈기를 몸에 들이느라 의자를 끌어다 난로 옆을 지켰다.

싸늘해진 몸이 난로의 열기에 덥혀져 간다. 말뚝잠이지만 꿀잠보다 더 맛있다. 졸다가 깨기를 반복했다. 거기다 고구마 익는 냄새가 더해지고 따뜻한 군고구마를 몸 안으로 들이니 유토피아가 따로 없다.

노릇노릇 잘 구워진 고구마를 볼 때면 간혹 눈을 두는 곳이 있다. 군고구마(?) 하날 접시에 담아 진열대에 올려놓았다. 사람들은 군고구마 하나만 달랑 왜 저곳에 놓았는지 궁금해 묻는다. 만져 보라는 말에 따른 후에야 다름에 놀라워한다.

고구마는 줄기에서 발생한 뿌리가 굵어지는 뿌리 작물이다. 줄기에서 뚝 분질러 분리한 자국도 연출되었다. 장작불로 고구마를 구워 먹을 때 불에 닿은 부분은 거뭇하고 반대편은 황톳빛으로 익는다. 그런 색깔 또한 자연스럽다. 자연의 신비다. 어찌 저리도 닮게 구워냈을까, 게다가 군고구마 장수가 선호하는 딱 그 크기다. 군고구마를 좋아하는 사람들이 들고 먹기 좋게 한 손에 잡힌다.

스물한 살 때다. 오랜 세월 비바람으로 헐뜯어진 초가집이 더 버틸 기력이 없다. 허물고 새집을 지으려고 지반을 정리하고 있었다. 2월 북풍에 몸은 추웠지만, 새집을 갖는다는 기대로 버텨 가며 일했다.

"군고구마 하나 먹고 해라, 그놈 참 잘 생겼다."

아버지가 군고구마 하날 건네는데 장난기 어린 눈빛 미소도 함께 따라왔다. 아버지 손안엔 달랑 군고구마 하나가 들어있다. 하던 일을 멈추고 장갑을 벗었다. 받아 든 손이 묵직하다. 아무리 살펴봐도 군고구마는 맞는데….

내 손에 들어온 그것을 처음엔 화석일까? 궁금해했었다. 책상 위에 올려놓고 여러 날 문제를 풀지 못해 끙끙거렸다. 그것은 화산이 폭발할 때 용암이 날아가며 만들어진 화산탄이었다.

언제 만들어졌는지 궁금하여 자료를 찾아보았다. 화산활동이 활발했던 지질 시대의 구분 중 가장 최근이 신생대新生代다. 그 시절 제주도에서 분화가 있었다는 기록을 적용해 보면 나이가 200만 년쯤 되었을지도 모른다.

도난도 당했었다. 후배가 집에 놀러 왔다가 탐이 났는지 호주머니에 넣고 가 버렸다. 살살 달래며 찾느라 속깨나 탔었다.

그리 귀한 건 아니라 해도 할머니가 물려주신 집터에서 나온 것만으로도 색다른 뜻이 있을 것 같아 잘 간직하고 싶었다.

장난기가 발동했다. 군고구마를 넣은 바구니에 그것을 섞어 넣었다. 딸 방으로 들고 가서 고구마 하날 먹으라며 내밀었다. 오래전에 속았었어도 다시 속는다. 그만큼 혹사酷似하다. 자연은 위대하다는 걸 저것에서 배운다.

가짜가 진짜 같은 모습을 보이는 세상이다. 국민을 위한다는 정치인이 제 욕심만 부리는 자들도 많다. 전문가는 할 일 잃어 묻혀 있고, 비전문가가 날뛰는 세상이다.

내가 이름을 붙여 부르지만 저건 가짜 군고구마가 아니다. 화산탄이다. 앞에 가짜를 붙여 놓아 저것이 날 욕하고 있을지 모른다.

개명하자. '군고구마화산탄'으로.

서열

강아지 두 마리를 분양받았다. 암컷은 레트리버와 하얀 진돗개를 부모로 두었다. 수놈은 블랙탄과 비글 사이에서 태어났다.

둘은 우리 가족의 사랑을 듬뿍 받으며 무럭무럭 자랐다. 충견이다. 장난으로 입속에 든 고기 조각을 빼앗아도 순응한다. 시간이 흐를수록 암수라는 특성과 품종의 차이, 먹성이며 몸집의 격차는 크게 벌어졌다. 동물은 대부분 힘의 우위로 지배한다. 먹이 다툼도 치열하다. 먹을 걸 두고 쉽게 양보하지는 않지만, 힘으로 밀리는 암컷 지마는 자연스럽게 수컷 와리 다음으로 서열이 정해졌다.

임신, 출산, 육아를 거치면서 모성으로 무장한 걸까, 지마가 어느 순간부터 서열 우위에 서 있었다. 와리는 먹을 것도 지마의 눈치를 보면서 먹는가 하면 장난을 칠 때도 지마의 으르렁거림에 멈추고 눈치를 살핀다. 달리기, 힘, 등반 능력, 몸집. 어느 것 하나 뒤지지 않건만 어느 날 갑자기 역전되었다. 녀석들을 바라보면서 내 서열이 반짝 반등했던 초등학교 시절이 떠오른다.

일곱 살에 입학했더니 내가 가장 작은 꼬맹이다. 생활이 궁핍하고 병치레가 많았던 시절이니 늦게 학교엘 보내는 사람이 많았다. 반 아이들은 한두 살 위다. 조회 때면 맨 앞에 서는 꼬맹이가 힘으로 이겨 낼 아이는 없었다. 나와 비슷한 두엇과 늘 꼴찌에서 맴돌았다. 심지어는 여자 어린이에게도 이긴다고 생각해 본 적이 없었다. 잔병치레가 많고 결석 대장이었으니 그런 나를 여자들도 함부로 했다. 짓궂은 아이들에게 늘 놀림감 표적이 되었다. 걸핏하면 검정 고무신이 없어졌다가 나타나고, 몽당연필이나 조각 지우개는 내 것인데도 내 소유가 아니었다.

사내아이들은 자연스럽게 서열이 정해진다. 대부분 싸워 보고 정한 것이 아니다. 마음이 여린 아이는 스스로 뒷전으로 물러나고 몸집이 큰 아이는 어느 정도 유리했다. 어쩌다 작은 아이가 용기 있게 싸움을 걸어서 이기면 서열이 급반등했다. 나도 싸움을 딱 한 번 해 봤다.

3학년이 되었다. 서울에서 전학 왔다는 L, 흰 피부에 큰 키가 부잣집 아이 같았다. 가난한 나는 그 모습만 보아도 주눅이 들었다. 시간이 흐르면서 그를 따르는 아이도 두엇 생기고 그의 학교생활은 부러움을 사게 했다. 그는 범접할 수 없는 아이처럼 높은 곳에서 내 위에 군림했다.

점심시간이었다. 수많은 아이로 운동장이 비좁다. 고무줄놀이하는 여자아이들, 축구 경기를 하는 남자아이들, 교실 뒤편에선 구슬치기와 딱지치기가 한창이다. 나도 구슬치기하는 데 끼어 놀고 있었다. L이 일행과 함께 어깨를 활짝 펴고 지나가다가 내 구슬을 냅다 차 버린다. 공격 차례지만 구슬이 제자리를 지키지 못했으니 기권패가 되고 말았다.

순간 참을 수 없이 화가 났다. 그와의 서열을 가늠해 보면 가마득한 위라 싸움을 한다는 건 무모하다는 걸 안다. 하지만 달려들었다. 어디서 그런 용기가 났는지 모른다. 몇 번 위아래가 바뀌며 주먹이 오갔다. 역시 몸집이 큰 아이와 싸움이라 힘에 부쳤다. 그런데도 악에 받쳐서일까, 위로 오를 때마다 힘껏 L의 얼굴을 향해 주먹을 날렸다. 구경하는 아이들이 편을 갈라 응원하는 소리가 아득히 들려왔다. 요행이다. 내 주먹에 강타당한 그의 코에서 피가 흘러내리기 시작했다.

그 시절엔 사내아이들 싸움은 코피가 흐르면 지는 것으로 돼 있었다. 아이들이 달려들어 식식거리는 날 뜯어냈다. 흐르는 피를 확인한 L은 울음을 터뜨렸다. 주변에서 쑥을 뜯어다 짓이겨

막은 초라한 그를 보면서 확실한 승리자임을 확인했다. 처음 해 본 싸움으로 가슴이 쿵쾅거렸는지, 승리로 그랬는지 모르지만, 가슴도 큰 방망이질로 승리의 기쁨에 장단 맞춘다.

그 후로 서열이 제법 올라갔다. 주먹을 불끈 쥐어 보이면 마음이 여린 아이는 스스로 꼬리를 내린다. 그런 아이 위로 서열이 또 올라갔다. 학용품도 검정 고무신도 더는 사라지지 않았다.

성인이 된 지금 L과는 아주 절친한 사이로 지낸다. 그를 이겼다는 게 지금도 믿기지 않는다. 어쩌다 그날 운이 좋았을 뿐이다. 지금 생각하면 그가 마냥 고맙기까지 하다.

와리가 힘으로 제압한다면 지마 정도는 맥없이 당하고 말 것이다. 세상에서 가장 힘든 일, 새끼를 낳고 기르는 것을 보면서 안쓰러웠지 않았을까, 아마 와리가 져 주는 것이리라. '지는 것이 이기는 것'이라고 말해 주던 순박한 어른들이 떠오른다.

싸가지

구름이 하늘을 잠시 가렸다. 햇빛 알레르기가 있는 지마를 위한 산책이 안성맞춤이다. 강아지 목줄을 잡고 집을 나섰다. 한길엔 차가 달리고 자전거 도로는 이용하는 사람이 없어 한적하다. 지나간 견공들의 정보를 수집하고 그 위로 영역 표시를 해 가며 와리와 지마가 신났다.

저만치서 깡통 떨어지는 소리가 들려왔다. 필시 지나던 자동차에서 음료수를 마시고 나서 던져진 것이리라. 종종 겪는 일이지만 매번 이마를 찌푸리게 한다.

가벼운 알루미늄 캔이 자동차가 지나며 만들어 놓은 바람에

뒹군다. 데구루루 구르다 경계석에 부딪고, 다시 굴러 길 한복판으로 나선다. 와리와 지마는 코를 들이밀고 나쁜 인간이 던져 놓은 거라는 듯 킁킁거린다.

집으로 돌아오는 길이 씁쓸하다. 길 어깨와 그보다 낮은 농지엔 군데군데 보이는 쓰레기들로 몹시 어지럽다. 빈 깡통, 비닐, 아이스크림 포장지, 빈 페트병. 입속에서 맴도는 욕 한 바가지가 웅얼거린다. 싸가지들.

가방을 들고 어둠이 내리는 길을 나섰다. 힘차게 달리는 자동차에 몸을 맡긴 편안함으로 온난화를 부추기면서 뭔 불만이냐 자책했다. 아스팔트가 머금었던 온기와 비릿한 콜타르 냄새가 차를 감싼다. 달리는 차마다 꼭꼭 창문을 여몄다. 무의식적으로 손이 에어컨 스위치를 누른다.

아이들 외치는 소리, 그래, 여긴 동심을 안은 천사들이 지내는 곳이다. 이곳에서 나쁜 인간들에게 받은 지친 하루를 위안 받으리라. 까만색 가방도 신이 나는지 흔들대며 나보다 앞서 입구로 들어선다.

다투는 소리가 교실에서 들려왔다. 높은 목소리로 서로 욕을 해댄다. 욕이 서로의 귀를 후비고 구경하는 아이들 마음으로도 스며들 거란 생각에 속이 편치 못하다. 그 욕 속에 묘한 궁금증을 자아내게 하는 단어가 있다.

"다시는 너하고 상대 안 할 거다. 이 싸가지야."

"그래, 나도 너 같은 싸가진 싫어."

나의 등장으로 휴전인지 종전인지 모르는 싸움은 끝났다. 자리에 앉은 아이들을 둘러보니 입술이 튀어나온 아이와 얼굴을 펴지 못하는 아이가 한눈에 들어온다. 잠시 눈에 힘을 주고 쳐다보며 무언의 나무람만 주고 넘어갔다.

아이들에게 의미 있는 시간을 말들어 주고 싶었다. 방금 들은 싸가지에 대한 이야기를 환경 속에 집어넣고 수업을 시작했다. 식물의 생장과 생명을 이어 가려면 새싹이 필요하다는 것을 전해 줬다.

흔하게 우리는 싸가지란 말을 욕으로 많이 쓴다. 식물의 싹을 일컫는 '싹수'의 방언이다. 상당히 부정적인 의미인 욕으로 굳어졌다.

나무나 풀에 새싹은 생명이나 다름없다. 새싹을 올리지 못하면 얼마 못 가서 생명을 잃는다. 죽음을 뜻하는 말이나 다름이 없지 않은가, 아이들에게 싸가지가 없다는 말은 곧 죽음을 뜻하기도 한다며 힘주어 말했다. 이 아이들은 정에 굶주린 아이들이다. 일찍 부모님을 잃었거나 이혼으로 할머니 할아버지 밑에서 자라는 아이가 태반이다. 그들은 죽음과 이별을 일찍 겪었기에 죽는다거나, 사라진다는 것에 마음의 상처를 품고 산다.

아이들은 '싸가지 없다'라는 말을 쓰지 않겠다고 약속했다. 다퉜던 두 아이도 입가에 엷은 미소를 만들어 주고받는다. 화해를 위한 다른 말은 필요 없겠다. 그 모습을 보면서 오늘 겪었던 내 마음의 불편함도 덜어낸다.

돌아오는 길엔 저절로 흥이 나서 만들어진 콧노래를 흥얼거렸다. 우리 집 입구로 들어섰다. 자연스럽게 눈길은 텃밭으로 달려간다. 가로등 불빛을 받고 반짝거리는 쓰레기들, 조금 전에 싸가지 없는 사람들이 던져 놓았다는 생각을 바꾼다.

'대부분 바람에 날려 왔겠지, 착한 사람이 더 많은 세상이야, 비뚤어진 내 마음이 싸가지 없는 생각이었던 것이지.'

부끄러운 이름

몇 년 전, '교육농장'으로 선정되었다. 아내가 전통음식을 강의하고 나는 미생물과 환경을 교육한다. 이름을 지어야 한다. 어감이 좋은 예쁜 이름을 짓는다며 온 가족이 머리를 맞대었다. 우리가 해야 할 교육의 대표적인 전통음식 감주의 '감'과 조청의 '청'을 합성하고, 장소를 뜻하는 '마루'를 넣어 '감청마루'로 의견이 일치되었다.

간판이 필요했다. 포클레인을 이용하여 들어오는 입구에 커다란 바위를 세웠다. 전기를 끌어다 함마드릴로 이름을 조각했다. 뾰족한 정에 쪼이고, 넓적한 정에 맞은 바위 조각들이 사방으로 튀기길 한 시간쯤 흘렀을까, 윤곽이 드러난다. 하얀 페인트로 덧칠했더니 멋진 간판이 완성되었다.

지정해 준 농업기술센터 담당과 컨설팅 업체에서 보더니, 36개 교육농장 중에서 가장 비싼 간판이라며 웃는다. 이름도 예쁘고 부르기 좋아 전달도 잘될 뿐 아니라 흘림글씨가 멋지다며 칭찬한다.

집으로 들고 날 때마다 그 간판을 바라보며 흡족해했다. 특허 신청을 위해 방문한 변리사가 간판을 보더니 이름이 특이하고 예쁘다며 '감청마루'도 상표특허 내자고 권하기에 흔쾌히 신청서를 작성했다.

하루 일을 마치고 돌아가는 집, 지친 몸을 쉴 수 있는 푸근한 보금자리는 생각만 해도 아늑하다. 사람도 동물도 다 한마음일 것이다. 감청마루 간판을 바라보며 들어서는 우리 집은 나를 늘 그렇게 품어 줬다.

오늘도 강의를 끝내고 집을 향해 차를 달렸다. 소파 깊숙이 몸을 의탁하고 흐트러진 자세로 TV 리모컨을 누르거나 편안한 의자에 등을 의지하고 수필 한 편 쓰리라. 투박한 그릇에 상큼한 귤을 담아 벗겨 먹으며 열심히 살았던 하루를 갈무리 하고 싶다. 문득 숙모님께 다녀오라던 아내의 당부가 떠올랐다. 얼른 다녀와야겠다. 가속페달을 꾸욱 밟았다. 우리 집 앞을 지난다. 역시 내가 공들여 만든 '감청마루' 간판이 듬직하니 눈에 들어온다.

궁체 진흘림으로 흘려 쓴 멋스러움이 마음에 쏙 든다. 서예가로서 한몫했다는 자부심도 있다. 아내가 마당에서 서성이는 것도 보이고 와리와 지마가 어른스러운 모습으로 집을 지키고 있는 것도 언뜻 스쳐 지난다. 조급한 마음으로 우리 집 앞을 쌩하니 지났다.

늘 그렇고 그런 날들이 일상이다. 강의 나가고, 아들과 딸이 하는 사업을 뒷받침해 주고, 텃밭에서 자라는 온갖 푸성귀에 시원한 물도 뿜어 준다. 아내도 분주히 움직이고 와리와 지마는 기다란 줄에 연결된 개 줄을 끌고 우리의 동선 따라 달리며 꼬리를 흔든다. 내가 촌부로 사는 이 모습이 마냥 행복하다.

와리가 짖는 소리에 바라보니 집배원 오토바이가 들어오고 있었다. 우편물을 받아들고 겉봉을 뜯었다. 씁쓸한 마음으로 바라본다. 내 차가 과속으로 단속되었으니 벌금을 내라는 통지서였다. 위반 장소가 '감청마루앞'이라며 도드라지게 굵은 글씨로 적혀 있다.

내 집 앞에서 과속으로 단속된 사실이 부끄럽다. 그보다 감청마루 이름을 좋지 않은 일로 사용하게 된 것이 더 부끄럽다. 아내와 아이들이 알까봐 숨겼다가 얼른 벌금을 물고는 그 영수증을 소각해 버렸다.

사물의 모든 것에는 이름이 주어진다. 그리곤 이름이 곱다, 밉다 표현하기도 한다. '사람은 이름을 남기고 호랑이는 가죽을 남긴다.'는 격언으로 부끄럽지 않은 행동으로 이름값을 하라는 교육적인 말도 귀에 박히도록 들으며 산다. 이름에 책임을 지라는 말일 것이다.

이름과 내 명의의 차와 집 주소, 자랑스럽게 내걸었던 '감청마루' 상호까지 또렷이 적힌 법규 위반통지서, 조금만 차분히 살았다면 내 집 앞에서 과속하는 잘못을 범하지 않았을 것이다. 명명하느라 머리를 맞댔던 우리 가족은 몇인가. 그러고 보니 여럿 이름을 부끄럽게 했다.

코로나19로 지구촌이 난리다. 가을이 깊어 가자 서늘한 기온에 편승함인지 외국에서는 큰 폭으로 감염자가 늘고 있다는 소식이다. 누군가 소홀한 행동으로 감염 제공자가 된다면 그도 부끄러운 이름을 남기게 될 것이다.

사람은 이름 석 자를 남긴다. 사람으로 태어났으니 좀 더 신중하게 살아야지.

성깔 죽여야 성공한다

동생 같은 K에게서 전화가 걸려왔다. 그는 지방자치의원에 출마를 하는 등 지역에서 인정받는 친구다. 내 말이라면 발 벗고 나서는 사람이다. 다른 읍내에 살지만 지나가는 말로 아이들이 사업을 하니 관심 가져 달라는 말을 전했었다. 이장과 소주 한잔 하고 있다는 말을 먼저 한다. 이장이 오늘 아이들 가게를 찾았었는데 좋지 않은 일이 있었나 보았다. 직원이 실수한 일이지만 아이들에게 내가 겪었던 이야기를 들려주고 싶다.

스물한 살에 사업을 시작했다. 하나도 아닌 탈곡 사업과 양돈 사업, 귤 농사 셋을 동시에 꾸려나갔다. 큰 사업은 아니지만, 어린 나이에 도전했다는 사실이 뿌듯하기도 하고, 그 무게가 날 짓누르기도 했다.

탈곡 사업은 다른 일과는 다르게 J 아저씨와 동업했다. 그는 자그마한 체구지만 태권도 유단자로 다부진 근육질 몸에다 연륜으로 쌓은 기술이 남달랐다. 아주머니는 같은 성씨인데다 성품까지 온화하여 고모님이라 불렀고 두 분은 친조카처럼 아껴 주셨다.

당시엔 콤바인 같은 기계가 없었다. 경운기에 무거운 탈곡기를 싣고 밭으로 가서 설치하고 보리나 콩을 타작한다. 그 값으로 곡물을 받아 수익을 올렸다.

마을마다 서넛, 큰 마을은 대여섯이 팀을 이뤄 농번기엔 통통거리는 경운기들이 탈곡을 하러 들판을 누볐다. 일의 강도로 봐서는 세상에서 가장 힘든 일 같았다. 보릿단을 기계에 넣으면 채가듯 당기는 힘이 상상을 초월한다. 허리와 팔다리, 손목에 힘을 주어 붙들고 버티면 기계가 돌아가며 낟알만 털어냈다. 힘에 부쳐 끌려가면 크게 다치거나 생명을 잃을 수도 있다. 보릿단에서 손을 놓아 버리면 기계가 멈추거나 고장 난다. 젖 먹은 힘을 다해 버텨야만 하는 일이다. 그 일을 하고 나면 삽이나 곡괭이로 땅을 파는 일은 어린애 장난 같았다. 그만큼 엄청난 에너지가 소모되고 위험한 일이다.

J 아저씨는 성격이 불같지만, 위험한 일을 할 때는 차분하게 안

전을 우선시했다. 그분 밑에서 많은 것을 배우며 성장해 갔다. 어려운 삶을 버티며 살아가는 것까지 자상하게 가르쳐 주셨다.

가을걷이가 한창이다. 그동안 벌어들인 콩이 창고 그득히 쌓여 눈과 마음을 즐겁게 했다. 조는 자루에 담아 툇마루에 높게 쌓았다. 그렇게 벌어오는 곡물을 고모님은 멍석 열 개를 줄지어 펴고 널어 말렸다. 집마다 한두 개 멍석을 깔고 말리는 모습과는 영 다르다. 한길 가에 넉넉히 펼쳐진 전경이 고된 노동을 견디게 했다.

그날은 햇볕이 모습을 보였다가 구름 뒤로 숨기를 반복하며 비가 예상되는 날이었다. 탈곡하다가 비가 내린다면 그런 낭패는 없다. 소중한 곡물이 비에 젖으면 정부 수매 단가가 낮아진다. 모두 낟가리를 만들어 쌓아 두고 날이 풀리기를 기다렸다. 우리도 하늘을 쳐다보며 탈곡기 점검을 하고 있었다. 해가 다시 반짝 비치자 고모님은 덜 마른 조를 말리자며 멍석을 깔았다. 난 그 위로 조 자루를 옮겨다 부었다.

한 시간도 지나지 않았는데 싸늘한 기운이 돌며 구름이 해를 가린다. J 아저씨가 구름의 흐름을 바라보며 곡식을 들이라 소리친다. 고모님은 인부들 먹일 점심 준비로 정신이 없다. 하던 음식을 마무리한다며 시간이 조금 흘러갔다.

조를 걷어 들이는데 후드득 소리가 나더니 소나기가 퍼붓기 시작했다. 다섯 명의 장정과 고모님이 달려들어 멍석째 들고 안으로 옮겨 보지만 이미 늦었다. 나머지 남은 멍석 세 개가 비에 흠뻑 젖어 버렸다. 속히 말을 듣지 않았다며 역정을 심히 내던 J 아저씨는 들고 옮기던 멍석을 냅다 던져 버렸다. 고모님도 멍석과 함께 길바닥을 뒹굴었다. 나머지 멍석도 뒤집어 버린다. 소낙비는 아스팔트에서 물을 모아 졸졸 흐르는 물길을 만들더니 길에 뿌려진 조를 휩쓸고 간다. 세 개에 널렸던 그 많던 조가 눈앞에서 사라져 버렸다.

나도 성깔이 있는 놈이다. 마음에 들지 않으면 물건을 발로 차 버리거나 심술도 부려 왔다. 하지만 그 황당한 손해를 목격하고부터는 그 버릇을 고치기로 했다. 평소에 아무리 성품 좋은 사람이라 해도 화가 났을 때 참지 못하면 큰 손해를 보게 된다는 걸 실감했다. 세 번 참으면 살인도 면한다는 명언을 곱씹으며.

10년이 흐르고 공예 사업을 하게 되었다. 200여 소매점에 납품하는 도매업은 소매점 사장님들의 부당함도 받아들이며 삭여야 한다. 무조건 성깔을 죽여야 한다고 다짐했다. 내게 물건을 사주는 사람은 왕으로 모신다는 나와의 약속을 실천했다. 단 한 번도 고객에게 화를 내거나 찡그린 얼굴 보인 적도 없다. 늘 웃는 얼굴을 보이려고 노력했다. 그 대가로 작은 부를 이뤘다. 그 작은 부가 밑천이 되어 내 아이들이 또 사업을 하는 계기를 만든 게 아닌가 한다. 성깔 죽여야 성공한다는 말이 실감 나는 요즘이다.

'사랑하는 내 아들 딸아, 성공하려면 성깔 죽여야 한다.'

조심 덕

아내 몰래 빨래를 한다. 한복에 먹물을 묻혔으니 또 잔소리를 듣겠다. 제주어에 '조심 덕이 크다.'는 말이 있다. 조심했으면 좋았을 것을 K는 아무리 당부해도 안 되니 어쩔 수 없는 일이다.

5학년인 K는 매사에 덤벙댄다. 붓글씨를 쓸 때 먹물이 묻은 붓을 조심하라 그리 일렀건만 옆 아이 옷, 벽, 내 옷에까지 먹물을 튀게 하는 일이 빈번했다. 낮에 성인을 대상으로 하는 강의가 있었다. 저녁에는 청소년에게 서예를 가르쳐야 하는 걸 생각질 못하고 흰색 한복을 입은 내 불찰이다.

조심해야 할 것은 행동만이 아니다. 불조심, 차조심, 물조심 주변을 살펴보면 주의를 게을리하다가 소중한 생명을 잃거나 애써 모은 재산을 날려버리기도 한다. 그뿐이랴, 입조심도 그렇다. 어제도 그런 일을 보았잖은가.

여러 해 전, 비좁은 회사를 옮길 곳을 물색했다. 마침 주변에 내놓은 넓은 땅이 있었다. 아홉 사람이 나눠 구매했다. 공동으로 사용할 진입로를 그려 서로 배려하며 사용한다는 약속도 했다.

내가 제일 먼저 집을 지었다. 후에 집을 지을 사람들의 부담을 덜게 분할 측량도 하고, 수도를 먼 곳에서 끌어오는 것도 많은 사람이 사용할 수 있게 굵은 관으로 묻어오기로 했다. 수도설치는 수백만 원이 들어가는 공사다. 대금의 반을 내가 내기로 하고 반은 여덟 사람이 25만 원씩 부담하기로 약속했다.

그런데 O는 약속한 수도공사 대금을 비롯해 그의 땅 측량비와 분할비도 내놓지 않는다. 지적공사에 우선 지급을 해야 하므로 대금은 내가 선납해야 했다. 수년이 지나도록 묵묵부답이다. 몇 번 요구하다가 100여만 원을 고스란히 포기해야만 했다. O가 제 누님에게 땅을 넘기더니 지금은 조카가 주인이 되었다. 하는 짓이나 말이 닮은꼴이다.

B가 진입로를 더 예쁘게 꾸미자고 한다. 100만 원이 들어갈 포클레인 대금은 그가 부담하겠다고 하여 추진되었다. 나는 시가로 500여만 원이 될 대형 화분과 거석, 송이를 내놓았다. 여러 날 공사로 힘든 노동을 했지만, 기분이 좋다. 아름답게 꾸며진

진입로가 멋지지 않은가.

C가 지나다 들어오더니 들어간 공사비 일부라도 부담하겠다는 걸 다 끝난 일인데 되었다며 웃어넘겼다. 좋아진 진입로 덕분에 자기 땅값 가치가 오를 거라며 고마워한다.

O가 씽 하니 진입로로 들어오더니 힐긋 쳐다보며 지나갔다. C와 O는 사돈지간이다. 그리로 가더니 돌아와 전하는 말이 가관이다. 빈말로라도 고맙다는 인사치레를 하라고 했다고 한다.

"그 사람들이 필요해서 공사했는데, 왜 내가 고마워해야 하냐?" 하더란다. 그 길로 다니면서 할 말이 아니라고 해 보아도 말이 통하지 않을 놈이라고 그도 언짢아하며 돌아갔다.

말에도 품격이 있고 예의가 있다. 듣기 좋게 하는 말로 천 냥 빚도 갚는다고 하지 않는가. 참으로 괘씸하다. 다른 사람에게 상처가 되거나 언짢은 말, 자존심을 깎아내리는 말은 삼가는 게 좋은 것인데….

B와 O가 진입로에 관련하여 법적 분쟁이 일어났다. O의 편을 들어야 나에겐 유리하다. 하지만 서로 좋은 방향으로 합의를 위해 나섰지만 O는 듣지 않는다. B에게 유리한 문서를 찾아 사본을 건네주며 조언했다. 이익을 따지는 것보다 옳고 바른 사람 손을 들어 주고 싶은 마음에서다. 그 문서로 인해 B가 승소했다.

공사비를 부담하진 않았지만, C처럼 고운 말을 했다면 법적 분쟁의 결과가 달라졌을 것이다. O는 입조심, 더불어 사는 걸 거절한 이유로 B의 소송비까지 감당해야 한다. 어제 B가 전해 온 소식을 들으며 삐뚤어진 일부 사람들 마음을 대하듯 빨래를 짓이겨 밟는다.

천사의 미소

가을 햇볕이 내려앉아 따스운 날이다. 집에서 조금 떨어진 밭으로 경운기를 끌고 가 밭을 갈았다. 보리를 파종하려는 준비 작업이다. 약간 경사진 밭은 내릴 때는 편한데 오를 때는 팔에 힘을 주어 들어줘야 하므로 힘겹다. 팔이 아파 잠시 경운기를 멈추고 아픈 팔을 쉬게 하는데, 앞집에서 후배 K가 아기를 안고 나온다. 강한 햇빛을 피함인지 팽나무 그늘로 가더니 평상에 걸터앉았다.

아기를 바라보며 어르고 말을 걸며 얼굴에 퍼지는 미소가 아름답다. 가까이 카메라가 있었으면 '할아버지의 손주 사랑'이라는 제목으로 작품을 만들고 싶었다. 주름진 얼굴에서 사랑이란 주름 몇 가닥을 더 그려내는 할아버지의 얼굴은 신이 내린 선물이 아닐까,

그 모습을 더 가까이서 보고 싶었다. 둘이 나누는 무언의 대화지만 방해가 될 것 같아 경운기 소릴 끄고 그리로 걸음을 옮겼다. 그는 나보다 서너 살 아래다. 선배 대우를 한답시고 깍듯이 인사를 해오지만 60줄에 들어 같이 늙어가는 처지다. 그는 나보다 이르게 혼인을 했으니 큰아이가 우리 아들 또래는 되었을 것이다.

"손주인가? 요즘 아기들 보기가 힘든데 축하하네. 녀석 예쁘기도 하여라."

듣기 좋은 인사가 되었는지 그의 입이 귀에 걸린다. 그리곤 멋쩍은 듯 미소를 띠며 하는 말에 귀를 의심했다.

"여섯째 자식입니다."

의아해하는 내게 지나간 그의 삶을 죄다 털어놓는다. 말에는 맞장구를 넣어야 흥이 더하겠지만, 그럴 수도 없는 기막힌 사연이다. 귀도 열고 마음도 열어 듣기만 했다.

아이를 둘 낳고 살았다. 그는 작은 포클레인 한 대로 공사장이나 밭을 정리해 줘 삯을 받았다. 풍족하진 않았지만 벌이가 쏠쏠해 어렵지 않게 살림을 꾸렸다. 아내도 학교 급식실에서 시간제 일을 하며 맞벌이를 했다. 우리 밭 바로 앞에 땅을 사더니 아담

한 집도 지었다.

포클레인 공사를 하다가 큰 사고를 당했다. 병원 신세를 지게 되었는데 아내의 발길이 점점 줄어들더니 결국엔 아예 발길이 끊어졌다. 지인들로부터 아내가 바람이 났다는 말을 전해 들었지만, 다친 몸으로 찾아 나설 수도 없는 처지였다. '참을 인' 자를 수도 없이 떠올렸다. 퇴원하자 곧바로 이혼장에 도장을 찍고 정리했다.

일해야 먹고 살겠기에 난감했다. 남자 홀로 어린아이 둘을 키우는 건 더욱더 어려운 일이다. 두 번째 부인을 얻었다. 넉넉지 않았지만, 그 사람의 부채를 떠안기로 하고 맺은 인연이다. 하지만 안정된 삶을 바라던 기대는 영락없이 무너지고 말았다. 아이를 하나 낳아두고 그의 곁을 떠나버렸다. 돈을 날리고 혹만 하나 더 달고 말았지만, 자식 하나 얻은 걸 위안으로 삼았다고 한다.

약아빠진 내국인보다 순진한 후진국 여자를 데려오기로 했다. 아이들만 잘 돌봐주면 부지런히 일하여 돈을 벌고 인연을 맺은 여자에게 보답할 것이라 다짐했다.

국제결혼을 추진했다. 베트남에서 온 젊은 새댁과 함께 새로운 삶이 시작되었다. 아기를 낳아야 완벽한 국적을 얻는다는 말에 아기도 낳기로 했다.

아기가 태어났다. 여자는 대한민국 국적을 얻자 핏덩이를 남겨 놓고 자취를 감춰 버렸다. 하늘이 무너지는 것 같았다. 또 하나 혹을 더 달아 자식이 넷이 되었다. 초등학생부터 유아까지 아이들을 돌볼 사람이 없으면 일을 나갈 수가 없었다.

고민하는데 지인이 국제결혼을 또 권했다. 믿을 만한 착한 사람이 있다며. 이왕 아이들을 돌볼 사람이 필요하니 장모까지 모셔와 살면 안정적일 거라고 했다. 달리 방법이 없는 그다. 지인의 뜻에 따라 다시 국제결혼을 했다. 밭에서 일할 때면 낯선 듯 부끄러워하며 허리 굽혀 인사하는 그의 아내를 보았다. 아기를 업고 어르는 나이 지긋한 여자도 가끔 보았었는데, 그의 장모겠거니 했다.

지금 부인과의 사이에서 두 번째 아기가 태어났다. 그는 의미심장한 표정으로 더는 신의 장난이 없었으면 좋겠다고 한다. 네 명이나 되는 부인에게서 얻은 여섯 자녀들, 요즘 세상에 매우 드문 일이다.

여섯이나 되는 아이들을 키우려면 필요한 것이 많겠다. '우리 집에 아이들이 좋아할 물건이 있을 것 같은데….' 밭갈이를 하면서 천사 같은 그의 미소를 떠올리고 필요한 걸 생각해 내느라 힘든 것도 잊었다.

특별한 배웅

뿌옇게 새벽이 밝아 온다. 닭과 멍멍이에게 먹이를 주고 계단 밑에서 아들을 기다렸다. 출근하는 녀석을 따라가 자판기를 청소하고 내용물도 채워 넣으려고 한다. 봄이 되자 농자재 매장이 많이 분주했었다. 손님을 위해 설치한 무료 음료 자판기를 관리할 여유가 없어 보이자 나 스스로 팔 걷고 나섰다.

7시에 출근하는 아들이 오늘도 어김없이 내려오는 발소리가 들렸다. 아들은 서른한 살 많지 않은 나이에 사장이 되었다. 사업과 함께 예쁜 짝을 만나 결혼도 했으니 아버지로서 흐뭇할 일이다. 달콤할 신혼기에 새벽잠을 밀어내야 하는 아들 내외가 안쓰럽다는 생각도 들지만 여유로운 미래를 위한 투자의 시간이다. 현명하게 잘 이겨나가리라 믿는다.

그런 생각을 하는 사이 아들의 발자국 뒤를 이어 다급하게 내려오는 발소리가 들렸다. 계단 반을 내려온 넓은 곳에서 둘은 발길을 멈췄다. 며늘아기가 아마 미처 하지 못한 배웅 하려고 뒤를 따라 나온 모양이다. 며늘아기도 시내로 출근을 해야 하니 늘 아침은 분주해 보인다. 1초를 둘로 쪼개고 싶을 바쁜 시간 속에도 애교 많은 며늘아기의 배웅일 터, 하지만 어쩌랴, 계단 밑에서 바라보고 있는 방해자를 발견한 둘은 어쩔 줄 몰라 한다. 내가 피해 줄 수도 없는 지척의 상황이다. 순간 짓궂은 말이 튀어나갔다.

"왜, 뽀뽀 배웅하러 달려 나왔어? 오늘은 퇴근 후로 미루거라."

시아버지가 바라보고 있으니 어쩌랴, 멋쩍은 미소를 보이며 늘 하던 대로 두 손을 배꼽에 모아 인사 후 아들에겐 살며시 손만 흔들고 돌아선다. 아들의 미소를 바라보며 같이 걸었지만 아쉬움이 없지는 않았으리라. 들통난 배웅, 훼방 당한 배웅을 뒤로 한 특별한 배웅이 오늘따라 떠오른다.

아들이 4학년, 딸이 1학년 때 사업을 위한 3층 건물을 지어 이곳으로 이사했다. 1층은 제조실, 2층은 전시장, 3층은 사무실 겸 살림집으로 만들었다. 주변엔 높은 빌딩이 없다. 사업장이라 부러 조금 높게 지었더니 사방이 훤히 보여 좋았다. 남쪽으로 한라산이 웅장하게 앉아있고, 북쪽으로는 푸른 바다가 넘실거린다. 앞엔 우리 마을에서 제일 곧은 한길이 길게 뻗어 있어 차들이 씽씽 달렸다.

아들과 딸이 등교할 시간이다. 현관에서 신발을 신고 다녀오겠다며 인사하면, 다녀오라는 대답이 끝나자 오누이는 현관문을 닫고 계단을 내려가기 시작한다.

시야에서 사라진 아이들이 마당으로 내려서는 시간을 아내는 헤아리고 있었다. 창문으로 달려가 아이들을 향해 손을 흔든다. 엄마와 떨어짐이 아쉬운 듯 머뭇거리는 느린 걸음과 운동장에서 친구들과 신나게 뛰어놀 생각 사이를 행복한 갈등이라며 바라보았다. 한길을 건너고, 오솔길을 걸어 모퉁이를 돌아 집과 돌담 사이를 걸어간다. 가려진 곳을 벗어날 때마다 서로 손을 흔드는 모습이 정겹다. 보였다가 사라짐을 반복하는 횟수가 끝나고 보이지 않는데도 아내의 눈은 상상으로 아이들을 따라 학교까지 간다. 집을 향해 손을 흔들던 모습이 눈에 어른거렸을 터다. 아이들이 점이 되어 사라진 것처럼 시야에서 지워진 아쉬움을 내려놓고 창가에서 몸을 돌리는 아내의 서운한 눈빛을 가족이란 인연의 끈, 모성과 사랑의 배웅이라며 가슴 한편에 간직했다.

나도 아이들이 나선 길로 떠난다. 아이들과 다른 것은 자동차가 집을 나서는 것. 송잇길을 지나고 반대편으로 가서 유턴하고 곧은 길 달려 사라질 순간까지 창문에 기대어 손을 흔들고 있는 아내의 배웅을 받는다. 아이들과는 다른 짧은 배웅이지만 그 특별한 배웅은 오랜 세월 그침이 없다.

내가 배웅을 받을 때는 그 어떤 훼방꾼도 없었다. 짓궂게 훼방을 놓은 걸 떠올리며 미소 짓는다. 내 자식이 짝을 이뤄 사랑하며 사는 모습보다 더 좋은 모습이 또 있을까, 생각만 해도 행복하다 할 일인데 직접 보았으니 행복을 확인한 셈이다.

늘 초심을 잊지 말고 사랑하며 지내길 빌어 본다.

생존 법칙

별의별 프로그램이 다 있다. 정글의 법칙이나 생존을 위해서 지켜야 할 여러 가지 사항을 알려주는 방송을 보니 예전에 '만원으로 생존하기'가 떠오른다. 특정인에게 만 원을 주고 며칠 생존하는가를 알아보는 프로그램이었다.

문득 나도 참여해 보고 싶다는 생각이 들었다. 이미 지난 일이고 연예인이 아니라 방송에 나갈 수 없으니 홀로 도전해 보면 어떨까, 만 원짜리 한 장 들고 가출하기로 마음먹었다.

아내가 서운하다 싶은 말을 던지자 이때다 싶어 실행에 옮겼다. 새벽에 일어나 준비를 서둘렀다. 워낙 추위를 타는 딸을 위해 장작 난로의 굴뚝 청소와 며칠간 땔 장작도 들여놓았다. 강아지와 닭이 먹을 것도 삶아놓고, 난분에 물도 듬뿍 주었다. 급히 움직이는 바람에 등이 촉촉해진다. 뜨거운 물로 샤워를 끝내고 집을 나오니 시침은 9시를 가리키고 있다.

1월의 추위를 대비하여 내복을 입고 패딩을 걸쳤다. 우선 어디로 가야 하나 생각에 잠겼다. 가장 방해가 없을 곳, 도서관이 좋겠다. 도서관 운영위원장에 서예 지도로 서예실을 독차지 하고 있으니 홀로 지내기 안성맞춤이다. 낮 동안은 서예실에서 지내기로 했다.

많이 움직인 탓에 배고프다. 자주 가는 마트로 들어갔다. 할인 품목이 넉넉한 데다 알뜰 코너도 있는 곳이다. 최소한의 지출로 최대의 효과를 노려야 한다. 초절약 구매를 위해 두리번거렸다.

할인 코너에서 보리건빵 세 개 한 묶음이 1,000원, 알뜰 코너에서 하나씩 떨어져 나온 바나나가 열 개 묶음에 1,000원, 우유 큰 것 하나 1,860을 주고 샀다. 자동차에 먹다 남은 몇 개의 귤은 덤이라 생각했다. 물은 빈 페트병에 수돗물을 채워 넣었다.

식사한다. 보리건빵 반 봉지, 바나나 2개, 귤 한 개, 우유 300cc를 마시니 배가 부르다. 섭취한 칼로리가 부족하지는 않은지 알아보았다. 건빵 155, 바나나 160, 귤 39, 우유 183으로 합하면 537*cal*를 섭취하고 723원을 소비한 셈이다. 하루 세 끼를 먹어도 성인 남자의 칼로리 하루 필요량 2500에 못 미치겠다. 과

체중으로 다이어트가 필요하다. 잘되었다.

도서관에 도착했다. 관장과 인사를 나누며 코로나19로 인한 어려움을 다독였다. 도서관 활용률이 30%로 제한하고 있었다. 서예실은 아예 통제구역으로 줄을 쳐놓았다. 서예실로 들어갔다.

컴퓨터를 열고 글을 쓴다. 오후 네 시, 장시간 글쓰기만 했더니 눈이 침침하다. 배도 고프다. 건빵, 우유, 바나나로 허기를 달랬다.

잠자리를 마련해야 한다. 침낭이 있다면 차 속에서 노숙을 해보겠지만 아쉽다. 워낙 추위를 타는지라 사실 노숙은 자신이 없다. 비어있는 농업법인 건물에 탈의실로 사용하던 1.6평 정도 되는 공간이 있다. 그곳을 정리했다.

널브러진 쓰레기를 치우고, 앙증맞은 창문으로 스며든 물기를 닦아냈다. 창고에 버려진 스티로폼을 가져다 깔았다. 신문지와 지난 달력을 모아 그 위로 폈다. 골방이 좁아서 아늑하다. 나만의 공간. 이곳에서 만원으로 며칠을 버틸 수 있을까. 계산상으로는 얼추 5일간은 가능할 것 같다.

바닥이 젖어 있어서 말리느라 첫날은 친구 K 집에서 잤다. 1월의 마지막 날인 이틀째 밤을 맞았다. 모든 생각 다 지워내고 오직 글만 썼다. 작년 아들과 딸이 사업체를 인수하며 그걸 돕느라 종이에 끼적여 놓았던 시와 수필이 100여 편, 눈이 뿌예져 돋보기안경 두 개를 번갈아 쓰며 노트북으로 옮기는 일과 창작에 몰두했다. K의 전화다. 집으로 와서 자라며 성화다. 날 생각해 주는 친구가 있어 든든하다.

3일째, 겨울비가 내린다. 겨울비치곤 제법 내리는 양이 많더니 창문 틈으로 비가 똑똑 떨어진다. 딸이 설명절에 거래처로 보낼 과일과 상품권을 구매해 달라는 요청이다.

나선 김에 동보 선생님을 찾아뵈었다. 얼굴이 핼쑥하다며 걱정하신다. 다이어트 중이라고 말씀드렸더니 당장 그만두라고 나무라신다. 농담을 섞어서 가출했다고 말씀드리려다가 삼켜야 했다.

돌아오는 길에 J 선생님도 뵈었다. 건강이 안 좋으신지 힘이 없어 보였다. 걱정만 내 안으로 들일 뿐 별도리가 없다는 게 속상하다.

하도로 달려갔다. 늘 살뜰히 챙겨주는 K 선배님이다. 권하는 차와 빵을 물리고 물 한 모금으로 담소를 나눴다. 문학 모임의 발전을 위해 애쓰는 모습에 고개가 숙여진다. 아담한 마당과 집 앞 저수지가 그림 같이 곳이다.

에너지가 모자란 탓인지 힘이 없다. 이불 속에 몸을 질러 넣고 누에고치처럼 틀어 앉고 싶다는 생각이 간절하다. 방에 빗물이 들어 스티로폼 밑이 흥건하다. 들어내어 대충 닦아내고 누웠다. 노트북을 무릎에 올렸지만 무기력하다. 그걸 밀어내고 누워 웅크렸다. 물 고인 방에서의 잠, 노숙자나 다름없다.

나흘째 해가 솟았다. 골방에 있는 걸 다 들어내고 습기를 말린다. 그간 열 끼니를 때웠다. 7,280원을 소모한 셈이다. 공사를 위해 비워둔 이층 공간에서 공놀이, 인라인스케이트, 아령 운동을 틈나는 대로 했다. 체중이 줄어든 걸 느낄 수 있다. 허리도 1인치 이상 줄어든 것 같다. 몸이 가볍다.

허기, 이건 허기의 맹공격이다. 몸이 단백질을 요구하는 항거겠다. 거울을 보니 얼굴도 핼쑥하다. 면도하고 나니 조금 덜해 보인다. 동보선생님 댁에 갔을 때 사모님이 챙겨주신 빵을 바라본다. 먹고 싶은 유혹을 뿌리쳤다.

2,720원 나머지 돈을 털어 시장을 보았다. 계란 1,000원, 바나나 1,000원, 나머지로 알뜰 코너에서 물러진 감을 샀다. 작은 주전자에 계란을 넣고 삶았다. 단백질 보충이 되겠지.

아들이 떡을 한 아름 사고 들어오더니 집으로 가자고 한다. 대궐 같은 집을 놔두고 무슨 고생이냐며 따진다. 밤이 이슥해지자 아내도 찾아왔다. 집으로 가자는 걸 쓰던 글이 있어서 안 된다고 했다. 글은 직접 겪지 않은 건 쓰지 않는다는 걸 안다. 글의 소재를 제공했다는 걸 직감했는지 내일을 약속받고는 돌아갔다. 두루뭉술하지만 사과를 받아 낸 셈이다. 새벽 1시까지 글 정리하다 잠이 들었다.

닷새째 날을 맞이했으니 예상대로 온 셈이다. 수북이 쌓였던

종이가 바닥을 보인다. 딸이 웃으며 아침마다 생존 메시지 날리라 했지만 그럴 정신도 없었다.

겨우 2kg이 빠졌지만, 몸이 가볍다. 인라인스케이트를 배우겠다는 열정에 틈틈이 연습했더니 40평 작은 면적에 그어놓은 쇼트트랙 스무 바퀴를 4분 안에 돌게 되었다. 수북이 쌓인 메모지를 다 정리하고 수필 19편과 시 30편을 창작했다.

5일간의 가출이 가져다준 선물이다. 위가 줄어들었는지 소식을 하게 되었다. 탄수화물을 줄이고 운동량을 늘렸다.

건강검진을 받으러 갔다.

"작년보다 체중과 허리가 줄고 몸이 좋아지셨어요."

간호사의 말에 빙긋이 웃었다.

3부

인연의 끈

얄미운 가을장마

또 비가 내린다. 콰르르 양철지붕을 때리고, 후드득 시멘트 바닥을 두드린다. 짧은 시간인데도 물줄기가 한데 만나 개골창을 만들며 흘렀다. 질박하니 고인 물 위엔 물풍선이 만들어졌다 사라진다.

미처 손이 덜 간 자리, 텃밭엔 풀이 무성하다. 가을비가 고마운 듯 푸름을 머금고 더 기세등등하다. 한 뙈기 땅에 심어진 참깨가 잡초와는 다르게 비를 털어내듯 몸을 흔드는 게 안쓰럽다.

집을 나서서 들길을 달리는 차창 밖을 바라보는 아내의 근심어린 표정이 눈으로 들어온다. 아내의 한숨 소리가 선명한 빗줄기 속으로 날아갔다. 그 소리에 집을 나서며 물끄러미 바라보던 것들, 한 움큼씩 베어내 1층 출입구에 세워 놓은 참깨가 떠오른다. 그 참깨를 걱정하는 걸까,

'그까짓 것, 많지도 않은 건데 사다 먹으면 될 걸 갖고….' 마음속으로 나무랐다.

그게 아니었다. 아낸 많은 양을 재배한 전문 농업인의 참깨를 걱정하고 있었다. 이미 베어내 햇볕에 말리던 길가의 참깨 더미, 비닐로 꽁꽁 싸매고 덮어 비를 피한다지만 긴 가을장마에 모두 썩어 버릴 거라며 울상이다. 남의 일 같지 않은 모양이다.

유난히 비 오는 날씨가 많았던 올해다. 수박, 참외 여름 농사를 죄다 망쳤는데 참깨 농사마저 망치면 어쩌나 조바심이다. 전업으로 하는 농부의 마음은 새까맣게 타들어 갈 것 아니냐며.

나는 보는 듯 마는 듯 스쳐 지나는데도 여자는 자상하고 섬세하다. 그랬구나.

뒤늦게 가을장마가 얄미워진다.

인연의 끈

안방 벽엔 가족사진이 걸려있다. 그리 크지 않은 액자에 넣은 두 개의 사진틀에 잠시 시선이 머물곤 한다. 딸이 유치원 시절과 대학생 때 사진관을 찾아가 찍었다.

가족이란 말만 들어도, 글자만 보아도, 생각만 해도 포근하다. 마음이 아늑하고 정서적으로 안정감을 느끼게 한다. 천륜이란 인연의 끈이다.

사진을 떠올리면 결혼식이 생각난다. 신랑과 신부의 사진을 시작으로 가족사진도 찍는다. 친인척이 모이면 사진사는 걸진 말로 웃음을 짓게 한다. 맛있는 음식을 조리할 때 맛나게 하는 조미료를 넣듯 웃음을 만들어 놓는 것이다.

저 가족사진을 찍을 때도 사진사는 그랬다. 나더러 입꼬리를 올려라. 아들보고 미소를 지으라며 주문이 많았었다. 그런 결과물이라 그런지 보기 좋다. 사진을 바라보노라면 은사님과의 인연이 떠오른다.

고등학교 2학년이 되자 황순익 담임선생님과 인연이 시작되었다. 그때까지만 해도 선생님들에 대한 선입견이 그리 좋지 않았다. 중학교 시절엔 가난으로 납부금을 내지 못했다. 등교하면 담임선생님께 매부터 맞고 교장실로 불려가 벌을 서야 했던 과거에서 벗어나지 못했기 때문이리라.

반장이지만 주제넘은 일이다. 우리 반 학생 중에 나의 과거 같은 사람이 있는지 두리번거렸다. 내가 받은 장학금을 그런 학생에게 돌아가게 해 달라고 부탁드리고, 피치 못할 사정으로 결석하는 학생의 출석부에 결석을 지워 달라는 터무니없는 요청을 하기도 했다. 결석을 여러 날 하는 학생들을 찾아가 학업을 포기하지 않도록 다독이는 역할까지도 했다. 그런 정성을 아셨는지 선생님은 단 한 번도 내 청을 물리치신 적이 없으셨다.

힘든 수업을 마치면 쉬셔야 하는데 선생님은 쉬질 않으셨다. 내게 순번을 정해 주시며 쉬는 시간마다 두 명씩 아이들을 데려오라고 하셨다. 고민과 가정사를 물어보며 마음으로 안아주시는 선생님을 보면서 매로 다스렸던 선생님에 대한 편견을 지워냈다.

선생님이 권해서 학생회장에 출마했다. 선생님께서 넌지시 퍼뜨린 그런 선행이 많은 표가 되었을지 모른다. 나와 친했던 아이들에게 재봉이가 선거에서 떨어지면 학교 그만두라는 반 농담으로 하신 협박이 날 학생회장으로 만들었을 것이다.

선생님을 존경했기에 어려운 분이다. 선생님은 형님처럼 생각하라고 하셨지만 내 안에 그어진 존경이란 선이 어떤 의미가 되어 무조건 다가가는 게 조심스럽다.

졸업하고 많은 세월이 흘러갔지만, 선생님과 연결된 인연의 끈에 자꾸만 실오라기를 덧대어 갔다. 선생님께서도 그 끈에 황금빛 실을 해마다 추가해 주셨다. 끈이 굵어갈수록 존경심은 더해갔다. 그만큼 어려운 분이기도 하다.

세월이 흘러 선생님 자녀들도 결혼하게 되었다. 4남매의 결혼식에 아내와 함께 참석했다. 반갑게 맞아 주신 선생님과 사모님께선 가족사진을 찍을 때 같이 찍자고 하셨다. "너는 내 가족과 다름없는 사람이다."는 말씀 끝에 엉겁결에 대답은 했지만, 우리가 낄 자리가 아닌 것 같았다. 아내와 슬며시 자리를 피했다.

사모님도, 선생님 자녀들도 그 인연을 인정하고 대해준다. 선생님은 내 아이들 커가는 걸 지켜보시면서 교육에도 관심을 두시곤 했다. 아들의 결혼식엔 주례가 되어주셨고 아들의 삶에 멘토를 자처해 주셨다.

선생님과의 인연이 어느새 40년을 향해 달려간다. 환갑을 넘긴 제자의 눈에 많이 늙으셨구나 하는 생각으로 가슴 아리다.

옛날 선생님 가족과 바다에 갔을 때 기념이 될 만한 사진이라도 하나 남겨둘 걸, 지나고 나서야 후회가 된다. 어쩌면 선생님께서도 그게 아쉬웠던 건 아닐까, 선을 넘지 않고 지킨다는 건 좋지만 한편 아쉽다.

가족이 함께 미소 짓는 사진 앞에서 은사님 미소를 떠올리는 아침이다. 사진 하나 없지만 마음속에 깃든 존경이란 인연의 끈이 있어 든든하다.

오늘은 안부 전화라도 드려야겠다.

무밥

경자년 새해가 밝았다. 설을 앞두고 우리의 눈가에 미소가 가득하다. 전날, 아내는 며느리를 데리고 숙부님 댁으로 가 제수를 준비하느라 하루를 보냈다. 산적과 생선을 굽고, 돈가스, 잡채, 온갖 전을 지진다고 허리가 빼근했으리라. 유난히 옛것을 지키는 숙부님의 고집으로 연년이 많은 일을 해야 한다.

며늘아기도 결혼식을 올리고 달포도 지나지 않았지만, 손을 보탰다. 처음 맞은 시집의 가풍에 놀라진 않았는지 모르겠다. 하지만 숙모님 칭찬이 과하고 넘치는 걸 보니 잘해 냈나 보다. 며늘아기 덕분에 올해 설엔 웃음거리가 늘었다.

만나는 사람마다 손을 잡고 덕담을 나눈다. 가는 곳마다 푸짐하게 차렸던 기름진 음식이 따뜻한 손에 의해 건네졌다. 우리도 주고받은 맛 난 음식이 냉장고에 그득히 자리를 틀었다.

송구영신 일주일이 번개같이 흘러간다. 2월 첫날, 달력이 1월을 찢어 내는 소리로 시작되었다. 그간 따뜻한 난로 가에 앉아있으면 아내는 찌거나 구운 고기며 전을 간식으로 내왔다. 먹는 즐거움으로 속을 잔뜩 채웠다.

그런 음식을 탐했던 속이 개운치 않다. 몸도 무겁다. 보리밥을 상추에 넣고 맛된장을 곁들여 상추에 싸서 개운하게 삼키고 싶다. 찬 서리 맞은 이른 봄동을 송송 썰어 넣은 시원한 된장국도 후룩후룩 소리 내며 마시고 싶다. 그러면 막혔던 속이 '뻥' 하고 뚫릴 것만 같다.

33년을 부부로 살아온 아내가 내 마음을 읽은 걸까, 아내도 비슷한 입맛을 느낀 건지 모른다. 싱크대 위엔 보리쌀이 바가지에 담겨 있다.

눈으로 들어오는 느낌이 다르다. 미끈하고 투명한 멥쌀은 보기에도 깜찍하다. 보리쌀은 오동통하니 푸근해 보이지만 만져보는 감촉도 쌀보다는 못하다. 사르르 손에서 빠져나가는 매끄러운 쌀과 다르게 보리쌀은 기울여도 내 손바닥 위에 머무른다.

치익 치익 압력밥솥이 추를 돌리며 김을 빼는 소리가 점점 밭아 간다. 그새 아낸 찬 기운에 옷깃을 여며 가며 텃밭에서 상추를 따고 배추와 무를 가져왔다. 식탁으로 오른 푸성귀 잎에 이슬을 머금은 것같이 맑은 물방울이 송골송골해 더 싱싱해 보인다.

압력밥솥에서 퍼낸 보리밥은 다시 가스 불로 옮겨졌다. 무를 채 썰어 넣고 약간의 쌀을 혼합한 보리밥은 돌솥에서 무밥으로 변신했다.

하얗게 드러난 무밥, 흰 김과 함께 두어 숟가락 퍼다 어겨선 안 될 절차처럼 기억된 순서를 지킨다. 상추를 손바닥 위로 올리고 무밥을 넣고 된장을 곁들여 쌈을 싼다. 한입 가득 욱여넣어 씹었다. 첫술을 삼킨 속이 시원하다 못해 후련하다. 이번엔 무밥을 두어 숟가락 퍼다 양념장을 넣고 비벼 노란 속 배춧잎에 싸서 먹었다. 짭조름한 양념간장이 밴 무밥이 속을 개운하게 풀어줬다. 거기다 시원한 배추 된장국을 마시니 이제야 속이 정상으로 돌아왔다.

점만 찍으면 된다는 점심을 거나하게 속으로 들였다. 하지만 식탁엔 돌솥과 된장국, 된장 종지, 간장 종지, 쌈 채소가 담긴 그릇이 전부다. 단출한 밥상이 그리 고마울 수 없다. 아무래도 내가 촌사람이어서 더 그런지 모른다.

소박한 음식이 건강식이라더니 맞는 말이다. 기름진 음식을 탐하면 비만, 순환기 장애, 소화불량에 걸린다는 말이 정답이다.

운동복을 대신해 작업복을 입고 나섰다. 현관문을 나서는 날 발견한 강아지 두 마리의 꼬리가 요동친다. 오른손엔 와리, 왼손엔 지마의 줄을 잡고 들길을 걸었다. 앞서가고 싶은 녀석들 성화에 빠른 걸음을 걷다 보면 등엔 땀이 흐른다.

작년 여름 폭우로 농사를 망친 밭엔 너도나도 무를 심었다. 그래서인지 주변엔 지천인 게 무밭이다. '든든하게 속도 채웠으니 어디 달려보자.' 와리와 지마를 앞세워 싱그러운 무밭을 끼고 달렸다.

보리쌀

보리밭이 황금빛으로 변했다. 알이 여물어서 무거운 걸까, 맥주보리 이삭이 고개를 숙이고 바람에 살랑댄다. 수확은 은사님께서 빌려주신 넓은 토지라 내 힘이 미치지 못한다. 콤바인을 운영하는 사람에게 전화를 넣어 부탁했다.

밀은 알알이 잘 여물었지만, 고개를 빳빳이 세우고 있다. 옛 어른들께 우스갯말을 들은 기억이 있다. 벼나 맥주보리는 익을수록 고개를 숙일 줄 아니 배운 양반이고, 밀과 일반 보리는 늘 제 잘난 양 고개를 쳐들고 있으니 무식한 상것이라고.

낫을 숫돌에 갖다 대고 문지르며 날을 세운다. 엄지를 살며시 날에 올려 잘 갈렸는지 점검했다. 무딘 날을 사용하면 보리가 뿌리째 뽑혀 버린다.

하늘을 향해 꼿꼿이 세운 이삭을 잘라냈다. 5월 한낮의 태양이 강렬하지만, 잘 여문 이삭들이 쌓이는 걸 바라보면 즐겁다. 이걸 갈아서 빵도 만들고, 엿기름도 놓는다. 식탁에 오른 빵과 귀여운 새싹이 올라오는 걸 떠올리면 그게 풍요다.

점심시간이다. 아내가 갓 지은 보리밥을 내놓았다. 텃밭에서 방금 따와 씻었는지 물방울이 송골송골 맺힌 상추가 싱그럽다. 상추를 손바닥 위에 놓고 보리밥 한술 올렸다. 양념 된장을 가운데 넣어 쌈을 싸 먹는 맛은 고기반찬이 부럽지 않다.

은사님께서 부르신다. 시내로 이사 갈 준비를 하시면서 이것저것 보물들(?)을 물려주셨다. 수필에 입문하여 가르쳐 주시는 것만도 황송한데 소장하셨던 책도 수백 권을 차에 실었다.

한 마을 하늘을 이고 살던 정이 조금이라도 덜어질까 못내 아쉽다. 산더미처럼 쌓인 책을 바라보는데 옆에 페트병 예닐곱에 가득히 보리쌀이 들어있다. 색이 곱고 알이 자잘한 게 9분도 이상 도정한 보리쌀로 보인다.

어린 시절 어머니를 따라 방앗간엘 다녔다. 광에서 누런 보리를 꺼내 짊어지고 가면 도정 기계는 허연 보리쌀로 탈바꿈시켰다. 부잣집에서는 부드럽고 맛있게 먹으려고 9분도 이상으로 깎고, 가난한 집은 양이 줄어들세라 덜 깎길 원했다.

웬 보리쌀이 이리 많으냐고 물었다. 이사를 위해 정리를 돕던 지인이 3년 전쯤 구입하고 잊었던 쌀자루를 발견했다고 한다. 병에 담아 나눠 가졌다는데….

곡물은 도정하면 생명을 잃는다. 씨눈이 깎여 나가 싹을 낼 수 없다. 7분도 이하로 도정한 쌀은 쌀눈이 비교적 많이 남아 있다. 하지만 9분도 이상 도정하면 쌀눈이 거의 다 깎여 나간다. 쉽게 산패한다. 쌀을 구입할 때 분도를 고려한 도정 날짜를 알아야 하는 중요한 이유다.

산패를 늦추기 위해 농약을 과다 사용하기도 한다. 3년 전 보리쌀이라 하니 마음 한구석에 걱정이 똬리를 튼다.

살충제를 사용하지 않고 농사를 지어 수확했더니, 보관한 지 한 달도 되지 않았는데 좀이 슬어 애를 먹었다. 우린 햇볕이 좋은 날엔 곡물을 내다 널기에 바쁘다. 그래도 간혹 보이는 벌레와 성가시게 전쟁을 치른다.

은사님께 말씀을 드려야 하는데 입이 떨어지지 않는다. 마음을 열고 가까이 지내는 지인들이 나눠 가졌기 때문도 있어서 망설였다.

이사를 하시면 아끼는 손주랑 손녀랑 지내실 텐데, 한 톨도 그 소중한 아이들 몸으로 들이는 건 아니라고 말씀드려야 한다. 친환경 먹을거리 강의를 수십 년 해온 나로서 그냥 넘길 수 없는 일. 특히 내 몸보다도 더 마음을 쓰고 싶은 두 분이 아니신가.

은사님 내외분은 오래전에 자경한 밭의 농산물을 드셨다. 그 고향 같은 밭에 보리를 심었으니 이게 진정 신토불이 보리쌀이 잖은가. 이제 수확을 앞두었다. 묵은 보리쌀은 과감히 버리시게 할 거다. 드실 보리쌀이 쌓였으니. 3년을 묵었어도 쌀벌레 하나 없었다던 그 보리쌀을 가져간 지인들께는 어떤 말로 이해를 시켜야 할지 고민이다.

먹는다고 당장 생명에 지장을 주지는 않는다. 몸이 아프면 우린 약국에서 독한 약을 처방받는다. 아주 작은 알약 한 방울을 몸에 들이면 차도를 보이는 것처럼 먹을거리는 매우 중요하다.

곡물은 전체 영양 중 씨눈에 66%, 껍질에 29%가 들어있다. 우리가 먹는 백미엔 나머지 5%의 영양분이 들어있을 뿐이다. 좋은 것을 잘 찾아, 내 것으로 만드는 것도 지혜로운 삶이다.

협죽도

수탉이 아침을 여는 소리를 질러댄다. 녀석들이 고픈 배를 채워 준다고 자리에서 일어났다. 동녘이 뿌연 색으로 어둠을 밀어내고 있다.

늘 하던 대로 닭 모이를 한 바가지 듬뿍 퍼 담아 닭장으로 갔다. 기다리던 녀석들이 쪼르르 앞으로 다가왔다. 경계심이 많은 녀석은 저만치서 눈만 멀뚱거린다. 강아지에게도 어제저녁 만들어 놓은 죽을 담아 줬다. 이젠 내 마음의 양식을 채울 차례다. 대형 화분 위에 얹어진 조간신문을 들고 들어왔다.

중앙지에 이어 지방지까지 어젯밤 잠을 청한 사이 일어난 기사들을 읽었다. 마지막 오피니언이 쓴 글을 읽을 때면 절로 고개가 끄덕여진다.

오늘따라 유난스레 읽고 또 읽으며 고개를 갸웃거렸다. '자이언트하귀드와 협죽도' 독성 강한 식물의 위험성으로 민관이 나서서 제거해야 함을 역설하고 있었다. 환경교육 지도자로 수십 년을 지내온 경험으로 허탈했다. 전문성 없는 글, 깊은 사유가 모자란 글이 많은 사람에게 잘못된 정보를 줄까 염려된다.

자이언트하귀드는 우리나라에는 자생하지 않는 식물이다. 겨울을 날 수 없는 외래종이다. 칼럼은 전문성을 가지고 쓰는 글이다. 독자들은 어느 정도 믿고 그와 비슷한 모양의 꽃만 떠올리며 경계할 수도 있다. 미나릿과의 어수리나, 사상자 같은 꽃이 비슷하게 보인다. 없는 실체를 논한다는 것은 전문성이 없다는 근거다.

협죽도는 독성물질도 있지만, 약용으로도 사용하는 식물이다. 그런 식물을 모두 도태해 버린다는 건 이용 가치를 없애는 일이며 자연을 거스르는 일이다. 개인적으로 협죽도를 연구 대상으로 삼고 있다.

만장굴로 들어가는 길을 붉게 물들인 꽃을 볼 수 있다. 늘 푸른 나무 협죽도다. 초여름의 짙은 초록으로 물든 주변과 대비되는 붉은 꽃이 이국적인 정취를 가져다 주어선지 관광객의 발길을 붙든다.

초여름이면 부러 그길로 지나가기도 했다. '협죽도夾竹桃'의 매력은 가지에 시든 꽃을 매달지 않는다. 깔끔함이 도를 넘은 듯 피어 다른 꽃나무를 압도한다.

화사한 꽃을 보고 복사꽃 같다고 하지만 난 그 유사함에 차이가 나므로 그에 동조하진 않는다. 잎도 대나무 같다고 하나 한눈에 차이를 알 수 있을 정도다. 아마 중국에서 한약재의 이름으로 부르던 걸 가져다 붙였을 것으로 짐작된다. 우리나라에서는 '유도화柳桃花'란 이름으로도 부른다. 나뭇잎 모양이 버들에 훨씬 가깝다.

협죽도는 아열대 지방 식물로 잎, 줄기, 뿌리 그리고 꽃까지 모두 알칼로이드 계열의 '강심배당체(cardiac glycosides)'라는 성분을 가진 유독식물이다. 그래서 협죽도 가지를 꺾어 즉석 나무젓가락으로 사용한다거나, 또는 잎을 따서 씹는다거나 꽃잎을 먹어서는 안 된다. 협죽도를 불에 태울 때도 연기에 중독될 수 있다. 야외 바비큐나 캠핑할 때 주의가 필요하다. 지방자치단체에서 알림판을 걸면 좋겠다.

협죽도의 독성에 대해서 잘 모르는 경우가 대부분이다. 초등학교 시절이다. 교정엔 협죽도가 후문 근처에 울타리처럼 둘려 있었다. 짓궂은 남자아이들은 그 잎을 따서 여자아이들 입술을 훔치는 데 썼다. 강한 쓴맛에 얼굴 찡그리는 걸 보며 즐거워했다. 그때는 독성이 있는 식물인 줄 모르고 한 일이다.

협죽도는 이렇게 유독식물이면서 동시에 병을 치료하는 약재로 쓰인다. 잎이나 줄기를 말려서 심장의 기능을 향상하는 강심제나 오줌을 잘 나오게 하는 이뇨제로도 쓰인다.

지금은 그 잎과 가지를 잘라다 성분을 추출하여 친환경 농약을 개발한다며 동네 청년들이 시도하는 등, 연구 대상이기도 하다. 요즘은 나도 협죽도와 멀구슬나무의 성분을 추출해 실험 중이다.

전문성 없이 쓰는 글은 독과 다름없다. 잘못 알려지면서 오히려 좋은 걸 없애는 일이 종종 있잖은가. 항간엔 정치인 말은 90%가 거짓이라 하는데, 칼럼니스트는 바른 정보를 위해 비전문성 글은 멀리해야 한다. '정론직필'이다.

늙은 조선오이

왼손 등이 뭉근하게 아프다. 잘 아는 정형외과 의사에게 보였더니 늙어가는 신호이니 어쩔 수 없다며 물리치료나 하고 가라 한다. 동네에 유명하다는 한의원도 친분이 있어 찾았을 때도 약 처방이나 침 한 번 놓아주질 않았다. 늙으면 다 그런가보다며 포기하고 서러운 마음을 담아 오른 손가락으로 꾹꾹 누르며 아픔을 달랬다.

늦봄에 밀을 수확했다. 친환경으로 재배한답시고 부러 촘촘하게 씨를 뿌렸던 탓에 그루터기가 땅을 가렸다. 그 위에 수확하고 난 보릿짚을 분쇄해서 뿌렸다. 그곳에 조선오이 모종 다섯 개를 심었다.

올해는 장마가 일찍 찾아오더니 가장 긴 장마로 기록을 세우는 중이다. 조선오이는 물을 많이 필요로 하는 작물이다. 장맛비를 머금고 터수를 넓혀 갔다. 잡초 발아를 막아주고 덩굴손이 감기는 역할을 해 주는 보리 그루터기가 조선오이가 자라는 좋은 환경을 제공했다.

다산하는 동물의 새끼처럼 덩굴마다 주렁주렁 매달렸다. 어미 젓꼭지를 빠는 모습으로 보여 눈이 호사한다. 나날이 다르게 무럭무럭 자랐다.

성급해서 덜 익은 걸 하나 땄다. 탐스럽다. 껍질을 벗겨내고 우적 하니 한입 베어 물었다. 쓰다. 아직은 수확할 때가 아니라며 그 아까운 걸 닭에게 던져 줬다.

아내는 씨를 받을 때 잘 삭여야 하는데 그 과정을 거치지 않아서 쓴맛이 나는 거라 한다. 숙부님 댁에 갔다가 아직 푸른 기가 도는 조선오이 맛을 보니 쓴맛이 없다. 속으로 잘못을 인정하면서 서툰 농사를 후회한다. 그런데 그 쓴맛이 어떤 성분인지 궁금했다. 검색을 위해 컴퓨터를 열었다.

식물들은 동물과 곤충의 피해를 덜 받기 위해 방어 물질을 만든다. 조선오이가 만들어낸 쿠쿠르비타신 A, B, C, D는 암세포를 죽이고 그것의 성장을 억제해 준다고 한다. 좋은 방향으로 활용하면 좋겠다는 생각이 들었다. 그뿐이 아니다. '동의보감'과 함께 현대 기술로 밝혀진 정보엔 늙은 오이의 효능이 다양했다.

알칼리성 식품으로 산성화된 몸을 중화시킨다. 이뇨 작용과 부기를 뺀다. 해독 효과와 화상의 명약으로 꼽히며, 여드름이나 땀띠, 아토피에도 좋다. 면역력 부족으로 피부가 마르는 노인의 각질, 뾰루지, 가려움을 동반하는 질환에 사용한다.

특히 면역체계를 활성화해 주는 효과가 매우 뛰어나다고 한다. 감기를 비롯한 바이러스 질환에 좋다 하니 코로나19와 맞서야 하는 요즘 애용하면 도움이 되겠다. 예부터 명약은 입에 쓰다 했던 선조님 말씀이 더욱 마음에 와닿는다.

황금빛으로 변하고 주름선이 선명하게 그어진 걸 땄다. 잘 익어서 그런지 꼭지 부분을 제외하곤 쓴맛은 많이 사라졌다. 껍질을 깔끔하게 벗기고, 얇게 송송 썰어 약간의 소금을 넣어 10분쯤 지난 후 물기를 짜냈다. 그다음은 아내 몫이다.

활용하는 방법은 오이무침을 해서 먹고, 강판에 갈아 물을 짜내 마시거나 환부에 바른다. 경험했던 사람들이 전하는 말, 기적의 물이라 한다.

저녁상에 조선오이 무침이 올라왔다. 오도독하니 씹히는 식감이 청량감마저 든다. 가슴으로 시원하게 내려가는 것이 더위를 이기는 식품임이 분명하다.

조선오이 향과 그 식감은 날 사로잡고 말았다. 끼니마다 그걸 달라 보챘다. 냉장고를 열어 확인하고 없으면 내가 서둘러 준비한다. 이야말로 진정한 전통음식, 몸을 깨우는 웰빙 음식이 아닌가.

아들이 서른두 살, 딸이 스물아홉 살이다. 다 성장한 성인인가 싶지만 내 눈엔 아직 풋내 나는 어린아이로만 보인다. 사업을 한답시고 분주하다. 내 눈에 허점이 많이 보인다. 세법과 운영, 사람을 쓰면서 수시로 자문해 온다. 나이를 먹은 만큼 경험을 했기에 늙음을 좋게 인정하는 것이겠다. 종종 나무람으로 쓴맛도 보여주고 있으니, 혹여 내가 조선오이 같은 존재가 돼 가는 건 아닌지 모르겠다.

오늘은 또 어떤 쓴 말로 쿠쿠르비타신 같은 역할을 해 줄까, 아이들에게 암적 존재가 될 사업의 허점을 콕 짚어 늙은 조선오이 같은 맛을 톡톡히 보여줘야지.

참기름 집

불볕더위가 머리 꼭대기로 내려앉는다. 지구온난화로 해마다 더위가 심해지고 있다. 그래서일까, 땀으로 젖은 옷이 눅눅하다 못해 몸에 착 달라붙었다.

참깨 꼬투리가 노르스름한 것을 골라 베어냈다. 참깨는 참기름과 볶아서 음식에 맛을 더해주는 긴요한 음식 재료다. 할머니부터 아내까지 아끼고 아끼는 모습을 보며 살지 않았던가, 텃밭이란 손바닥만 한 땅에서 얻은 것이라 더욱 소중하다. 아내는 체질하고 불리더니 작은 보자기에 펼쳐서 곱게 말렸다.

너무 더워서, 햇볕도 바람도 쉬어가던 날, 작은 '깨방앗간'이라 적힌 기계가 나오자 온 집 안이 고소한 냄새로 가득 채워졌다. 맡아도 맡아도 코가 싫다 하지 않고 벌름거리는 건 뭔가.

간소한 점심상이 차려졌다. 콩나물 넣고 지은 돌솥 밥, 청양고추 송송 썰어 넣고, 부추도 잘게 썰어 넣어 볶음 참깨 넉넉히 부어 놓은 간장 종지 달랑 하나, 실처럼 졸졸 흘러내리는 뜨거운 참기름을 한 스픈 받아다 조금씩 비비며 먹는다.

첫술은 조금 떠서 맛보기, 참기름 향과 짭조름한 간장 맛이 어우러져 맛 좋다는 표현마저도 할 여유가 없다. 두 번째 순가락엔 하늘 높은 줄 모르게 듬뿍 떠다 입안에 가득 밀어 넣고 씹는다. 허기진 늦은 점심을 책망했던 마음이 가뭇없이 사라졌다. 돌솥밥이 썰물 내리듯 낮아지는 게 아쉽다. 남은 걸 아껴 먹어야 하는 걸까, 후다닥 먹어 치워야 더 맛을 알게 될까, 맛을 씹고, 고소함을 삼키며 조용히 내리는 참기름을 바라봤다. 희미하게 올라가는 하얀 김, 천장까지 다다르고 퍼져나가 코로 스미는 냄새를 맡노라니 참기름에 얽힌 소년 시절을 불러들였다.

동네엔 참기름 집이 하나 있었다. 여름이 물러가고 가을이 깊어 갈 때면 굳게 닫았던 문이 열린다. 비좁은 뒤뜰엔 감나무 하나가 키 낮은 지붕 위로 우뚝 서 있다. 맘 좋은 아저씨는 우리가 따먹든 새가 쪼아 먹든 바라보기만 했다. 우린 무동하고 손을 뻗거나 나무에 올라가 퍼렇게 물오른 풋감을 한두 개 따다 입에 넣었다가 결국, 떫어서 먹지도 못하고 버려지던 그것들.

그렇게 따먹다가 남긴 건 높다란 곳에 두어 개밖에 남지 않았다. 키가 작은 아이라서 더 높게 보였는지 모른다. 노란색으로 물들 무렵이면 가을이 깊어 간다. 그것은 풍경화가 되었지만, 그땐 철부지라 멋을 몰랐었다. 배곯은 시절, 바라보며 우리는 먹고 싶은 마음을 참아야 했다. 그렇게 남기는 것을 까치밥이라 배웠지만, 제주도엔 까치가 없으니 누가 먹는지 모른다.

철거덕철거덕 쇠막대가 오르내리는 소리가 들려오면 골목길 따라 참기름 냄새가 길 안내를 시작했다. 사방치기, 술래잡기하던 발들이 그리로 향했다. 얻어먹을 거라곤 하나 없어도 코와 눈이 호사하는 좋은 구경거리다.

아이들 눈이 보초를 선 기름집 앞엔 순번을 기다리는 아낙들이 고운 미소를 머금고 이야기를 나누고 있다. 어머니, 옆집 아주머니, 뒷집 새댁 모두 웃는 얼굴이다. 냄새가 고소하니 밝은 표정이 되는 거라고 생각했다.

그곳은 간판도 없었다. 벽엔 삐뚤빼뚤한 글씨로 참기름이라 쓰여 있고, 그 아래에 작게 유채 기름이라 쓰인 것뿐, 큼지막한 참기름이란 글을 따 참기름 집이라 불렀던 것 같다. 실상 참기름을 빼는 것보다 유채 기름을 빼는 양이 몇 배나 됨직한 데도 굳이 참기름을 강조한 것은 귀한 기름이란 걸 암시했던 건 아닐까.

참기름을 빼고 나면 둥그런 깻묵이 단단한 돌덩이처럼 눌려 나왔다. 부스러진 조각 하나 얻으면 아이들은 그걸 손에 묻히고

놀다가 코로 손을 가져갔다. 냄새를 덜어 갈 것도 아니건만 아껴 가며 흠흠 맡던 그 고소한 냄새.

육중한 쇠뭉치로 만들어진 착유기가 앙증맞은 크기로 만들어져 나왔으니 과학의 힘일까, 산업 발달이라 해야 하나, 가정용이라 많은 양을 뽑지는 못하지만, 우리 집은 그 옛날 고소한 냄새를 풍기던 참기름 집을 안으로 들였다.

언덕

입춘도 지났는데 함박눈이 내린다. 벌써 라니냐 영향인가, 올해는 눈이 잦다. 북풍이 태풍 수준이다. 한길 공사장에 쳐놓은 가림막과 물통이 굴러다닌다. 차들이 거북이걸음으로 지나고 강아지도 제집에 웅크리고 앉아 추위를 견뎌내고 있다.

눈을 밟고 텃밭으로 들어갔다. 순백의 세계, 숫눈 위로 처음 디딘 발자국, 내 발자국을 돌아본다. 아무도 흔적을 남기지 않은 곳에 흔적을 남김은 미지의 세계를 연상케 하고 신선함이 가슴으로 전해진다.

나지막한 언덕 주변을 두리번거렸다. 눈을 꼭대기에 잔뜩 이고 서 있는 무들이 군데군데 박혀 있다. 언덕 북쪽에 자리한 놈들은 작고 남쪽에서 자라는 녀석들은 제법 크다. 하날 뽑아 들고 눈에 쓱쓱 문질러 흙을 털어냈다. 한입 베어 물었다. 눈이 만들어낸 시원함이 더하여 몸속을 깨운다. 최고의 보약이라 생각하며 삼키니 맛이 더 달다.

오른손엔 닭과 강아지 먹이 그릇을 들고, 왼손엔 점점 체중을 줄여가는 무를 들고 아삭거리며 씹는 아침이 오늘도 시작이다.

시침이 7시를 가리킨다. 아들이 출근하는 시간이다. 오늘도 정확한 시간에 집을 나서는 아들을 따라나섰다. 농자재 판매와 수리를 하는 사업이다. 부지런해야 농민일까, 아침 일찍 오는 이가 적지 않다. 그런 고객을 위한 배려로 시작한 아들의 이른 문 열기. 평소처럼 손님과 약속이 되었을 것이다. 문을 여닫는 시간을 철저히 지킨다.

직원들이 출근하기 전 1시간 가까운 시간을 아들 혼자 업무를 보는 셈이다. 한적한 시간에 홀로 있을 공간이 걱정되어 종종 따라나선다. 집과 회사의 거리가 100여 미터밖에 안 되니 걸어서 부자가 출근한다. 짧은 거리지만 함께 걷노라면 어느새 마음이 하나가 된다.

하얀 눈을 밟으며 성큼성큼 걸어가는 아들, 조금 뒤에서 아들 발자국을 밟는다. 큰 발에 보폭이 넓어 힘주어 발을 내디뎌야 한다. 어릴 적 설날에 아버지를 따라 발자국을 밟던 내가 떠오르고, 아버지가 된 후 개구쟁이 아들이 내 발자국을 따라 걷던 추억이 떠오른다. 시공을 넘은 반추다.

이젠 내가 그렇게 아들 발자국을 밟고 있다니 기분이 묘하다. 내년이면 노령연금이 나올 나이다, 이젠 아들이 내가 등 비빌 언덕으로 성장해 가고 있다는 믿음에 듬직하다. 이런 세찬 눈바람 치는 날에도 우직하게 약속을 지키는 아들이 대견하다며 넓은 등을 바라보았다.

주변을 바라보면 많은 언덕이 존재한다. 길에도 밭에도 집 주변에도. 그런 언덕이 농경지에 있으면 밭 관리에 불편하다. 예전에 내가 경작하던 밭에 작은 언덕 하나가 있었다. 밭을 정리하면서 불도저를 빌려와 언덕을 밀어버렸다. 시원하게 사라진 언덕이 밭갈이할 때 얼마나 편한지 미소가 절로 나왔다.

이른 봄이 되었다. 겨울에 간식으로 먹을 고구마 모종을 심었다. 꽃샘추위가 오자 올라오던 새순이 모두 얼어 버렸다. 아차 했다. 언덕 북과 남쪽의 작은 온도 차이를 무시한 실패다. 필요함과 불필요함의 논리에 갇혀있던 짧은 생각을 자연은 실패라는 결과로 따끔한 채찍을 휘둘러 일깨워 줬다.

지금 텃밭에도 언덕이 있다. 한길을 내면서 낮은 토지는 무료로 매립해 주겠다는 행정의 배려를 거절했다. 주변 밭들은 모두 매립을 했건만 난 자연 그대로 받아들이기로 했다. 그곳엔 겨울이면 다른 곳에서 볼 수 없는 들꽃을 피워 낸다. 해가 돌담에 온기를 불어넣은 곳엔 가을 수확 후 버려진 토막 난 고구마 줄도 새싹을 내며 겨울을 나기도 했다. 해마다 그곳에선 겨우내 푸성귀를 공급해 주고, 이른 봄엔 고구마 모종을 넣어 실패 없이 순을 키워왔다.

농사와 생활에 방해가 되는 언덕도 있겠지만 다 그런 거 아니다. 자연은 저를 소중히 여겨 줬다는 보답으로 우리에게 필요한 뭔가를 안겨 준다. 그것이 자연의 위대함이다. 자연을 거스르지 않듯 후손을 낳고 잘 가르치는 것도 자연의 흐름과 다름없다.

아들과 딸이 사업을 해나가기엔 아직 나이가 어리다. 농업, 양돈업, 특산단지 사업, 농촌교육농장, 영농법인을 운영했던 경력과 운영을 하는 나로서는 잘못된 점이 종종 보인다. 하지만 손해를 알면서도 가능한 관여하지 않는다는 원칙을 세웠다. 배움에는 수강료가 필요하듯 사업도 한가지다. 판단 잘못으로 손해도 보면서 깨우치는 것이 경험칙이다. 그렇게 배운 결과가 듬직한 언덕이 되어 줄 것이다.

새싹보리

인플루엔자 예방접종을 하라는 우편물이 왔다. 안내문에 어르신이라 칭했다. 노년이란 나이가 성큼 다가온 기분이다. 하긴 관절 마디마디가 아프고 삐걱거린다. 작년엔 부정맥 진단을 받았고 시력도 점점 나빠지는지 눈앞이 흐릿하다.

사촌 동생이 아이들 하는 사업 운영에 관여하지 말고 주변에 보이는 담배꽁초나 줍는 것이 도와주는 거라며 농담한다. 이젠 내 건강이나 잘 추스르는 게 아이들에게 부담을 덜어낼 나이인가 보다. 마음은 아직도 청춘이건만. 겨울로 접어들자 운동이 부족한지 허리도 굵어진 느낌이다.

지난해 K 선생님을 찾아뵈었을 때다. 새싹보리 분말을 두 통이나 주셨다. 선생님은 바른 글쓰기, 삶도 바르게 이끌어 주시는 스승님이시다. 사모님 또한 각별한 관심으로 허한 가슴을 채워 주신다.

새싹보리에 대한 검색을 해봤다. 친환경 음식과 웰빙 음식에 관한 강의도 하고 있어서 좋은 걸 과학적으로 구분하는 건 자칭 전문가 수준이라 믿는 편이다. TV 광고에 나오는 걸 보면서 곁눈질로 넘어갔었는데 그게 아니다. 내 아픈 증상들을 덜어내는 데 도움이 될 것이란 기대가 크다.

바로 복용을 시작했다. 사모님이 주신 좋은 느낌을 마음도 받아들인 건지 모른다. 그 덕분일까, 부정맥이 호전되어 갔다. 그동안 운동 부족으로 허리가 굵어진 느낌이었는데 그도 예전으로 돌아왔다. 새싹보리가 다이어트에도 정말 좋긴 한 모양이다.

밥은 끼니마다 한두 숟가락만 먹었다. 대신 만든 요구르트에 새싹보리를 넣고 과일과 조청을 함께 넣어 아침저녁으로 먹고 있으니 칼로리가 부족하지는 않겠다.

가을이 다가올 때쯤 사모님이 주신 것을 다 먹었다. 문제는 새싹보리가 좋다고 하니 너도나도 무허가로 제조하여 판매하는 사람들이 많아졌다. 농약과 쇳가루가 나왔다는 기사를 보면서 구매해 먹는 건 꺼림칙하다.

뭐든지 한번 관심을 둔 일에는 끝장을 보는 성미라 새싹보리를 길러 자급자족하리라며 준비했다. 재배 방법을 고민하고, 그에 대한 정보도 더 수집해 나갔다. 수경재배보다 흙에서 키운 새싹보리가 미네랄도 풍부하다는 것, 혹한을 견뎌낸 게 더 좋다. 안전하고 최상의 상품을 생산하기 위해 준비를 철저히 해나갔다.

기다리던 가을이다. 보리 파종 시기보다 보름 정도 이르게 널찍한 텃밭에 보리와 밀을 빽빽이 한 포대씩을 뿌렸다. 이왕이면 충분히 재배하여 지인들과 나누고 싶었다. 유기농법과 유산균 농법으로만 관리했다. 12월이 되자 푸른 융단을 깔아 놓은 것처럼 기대 이상으로 잘 자랐다.

새싹보릿가루를 얻으려니 이게 만만치 않다. 베어오고, 세척하고, 작두로 잘라 사모님이 물려주신 소형 건조기에서 말렸다. 그걸 가정용 분쇄기에 넣고 빻아 가루를 내었다.

밀감 담는 컨테이너로 그득하게 베어 왔는데 말려서 가루를 내었더니 200g도 채 되지 않는다. 이렇게 공들인 것이 가격이 얼마인지 궁금했다. 인터넷을 검색했더니 2만 원 안팎이다. 예상외로 가격이 저렴하다는 생각에 미친다. 하긴 나처럼 공을 들이거나 유기농법으로 하진 않았겠지만, 그래도 싸다.

가격이야 어쨌든 농약과 쇳가루 걱정에서 벗어나 마음 놓고 먹을 수 있다는 게 어디인가, 매일 만들었다. 내 몸이 실험용이 되어 생식도 해 보고, 가루도 양을 추가하며 먹어 보아 부작용이 있는지 실험도 했다. 수제비, 빵, 와플을 만들 때 넣어 보면서….

만들면서 맛을 보다 보니 하루 섭취량을 넘게 먹었던 날도 있었다. 이뇨 작용에 좋다고 나와 있는데 밤에 서너 번 소피를 보느라 잠을 설치기도 했다. 이뇨 작용 하나만으로도 몸에 부기를 빼고, 그로 인해 다이어트에도 도움이 된다는 것은 건강 상식이다. 조금은 긴가민가했던 효능을 믿는 계기도 되었다. 다만 밤잠을 못 이루는 사람은 아침에만 복용해야 할 것 같다.

처음 계획은 수확 시기가 되면 지인들을 불러 함께 제조하려고 했었다. 그러나 코로나19 감염자가 갑자기 수를 늘려갔다. 모여서 지인들과 만들며 나눌 시국이 아니다. 수확 시기가 지나면 영양 면에서 좋지 않을 것 같아서 서둘렀다.

젊다는 이유로 술, 담배, 도박을 하거나 몸에 해로운 음식을 섭취하기도 한다. 나이가 들어 문제가 되어야 후회한다. 그게 우리의 삶일까, 어린 보리 새싹은 하나같이 건강해 보인다. 저것들처럼 건강하게 살 수 있다면 오죽 좋으랴.

초인

한 역사 강사의 전문성이 도마 위에 올랐다. 정말 제대로 된 전문가는 드물고 인기를 위한 방송으로 치중하더니. 힘 있는 자에 줄을 서거나 힘 있는 자의 입김으로 늘 문제가 되는 게 어제 오늘 일이 아니다. 어떤 방송인은 회당 출연료가 수백만 원이라 한다. 아무리 봐도 별다른 능력은 보이지 않는데….

역사상 인물 중에 전문성을 두루 갖춘 초인을 떠올려 본다. 그런 위인이 나라를 이끌거나 강연을 한다면 얼마나 좋을까, 나라가 바로 서고, 더욱더 좋은 사회가 될 것이다. 하지만 인재는 모두 숨어버렸는지 도통 보이질 않는다.

개인적으로 존경하는 인물 중엔 조선 후기 다산 정약용을 꼽는다. 다산은 500여 권의 저서를 남겼다. 학문뿐만이 아니다. 정치, 의학, 천문학, 음악, 종교, 공학 우리가 살아가면서 삶에 필요한 모든 분야에 최고의 능력을 갖춘 천부적인 천재다.

장영실도 그 시대엔 뛰어난 천재성을 지녔다지만 다산처럼 모든 분야를 통틀어 재능을 보이진 않았다. 다산은 실질적인 삶에 실현 가능한 방안을 제시했던 다양한 분야의 천재다. 자연과학에도 관심을 기울여, 홍역과 천연두의 치료법에 대한 저서를 집필하였는가 하면, 도량형과 화폐의 통일 제안, 건축, 토건 공사엔 거중기를 고안하여 백성의 수고를 덜어 주었다.

세계로 확대하면 다산과 비슷한 인물이 한사람 더 있다. 15~16세기 르네상스를 대표하는 이탈리아의 예술가 레오나르도 다빈치, 〈모나리자〉와 〈최후의 만찬〉으로 잘 알려져 모르는 사람이 없다. 예술뿐만이 아니다. 그도 다산처럼 다방면에 초인의 힘을 보였다. 회화, 건축, 기계, 해부학 등 방대한 업적을 남겼다.

천재적 재능을 가진 사람을 우리 같은 범인이 따를 수 없다. 하지만 분야별로 전문 재능을 가졌거나 특별한 초인의 인내를 가진 사람들을 간혹 본다. 운동, 문학, 음악, 사업에서 탁월한 재능을 보여 준다. 알려지지 않은 초인도 있다.

글을 쓰기 시작하면서부터 컴퓨터 앞에 앉는 시간이 늘었다.

재능도 없으면서 시간만 축내는 꼴이지만 어쭙잖은 글이라도 하루 한 편은 쓰고자 노력하는 편이다. 두 시간쯤 지나면 엉덩이가 아프고 눈은 침침해져 오기 시작한다. 도저히 견딜 수 없어서 다른 일을 하다가 다시 앉기를 반복한다. 책이라도 내려고 온종일 앉아 있을 땐 온몸이 쑤시고 아프다.

K 선생님은 지도하는 단체가 셋이다. 수많은 제자가 보내오는 글을 꼼꼼하게 첨삭하고, 정해진 지면에 주기적으로 칼럼을 올리는 일로 온종일 컴퓨터에 앉으신다. 보통 사람과는 다른 능력을 갖추셨는지 따를 수 없는 인내다.

선생님과 인연을 맺은 지 어느덧 6년이 흘렀다. 그간 2000편 가까운 글들이 오갔다. K 선생님께 글을 보내고 잠시 기다리면 첨삭해 주신 글이 메일을 통해 날아온다. 수많은 제자가 나와 같을진대 그 많은 걸 어떻게 지도하시는지 불가사의하다. 남다른 재능이며 초인이라 할 밖에 달리 표현할 말이 없다.

K 선생님을 통해 전해 들은 L 선생님도 초인이다. 젊어서 교통사고로 한 다리를 잃으셨다. 골반에서부터 쇠로 연결한 의족을 하고 양쪽 목발에 의지하여 불편한 걸음을 걷는다. 문학모임 세 곳에서 글을 쓰면서 K 선생님을 모시고 다녔다. 그중 수요일 수필 공부하는 날엔 신제주에서 조천을 두 번 왕복하셨다. K 선생님께 사사하며 은사님으로 존경하는 마음이 넘치는 분이다. K 선생님이 극구 사양해도 불편한 몸으로 그 먼길을 모시고 다닌 게

20년을 앞두었다. 집에 도착하면 꼭 차에서 내려 인사를 드린다는데, 차에 오르고 내리는 모습을 보면 여간 어려워 보이지 않는다. 성한 사람도 쉬운 일이 아니다. 마음에서 우러나는 존경심이 초심을 잃지 않은 꾸준함으로 긴 세월을 이어왔으리라.

L선생님의 텃밭을 여러 번 가보았다. 고추, 양배추, 밭오이, 고구마 철마다 여러 가지 작물들이 자란다. 정성이 과하다 싶을 만큼 관리하고 계셨다. 굽히지 못하는 다리로 농사는 힘겨운 일이다. 수돗물을 틀어 호스를 들이대고 물을 주는 것이 아니다. 매일 주전자로 물을 떠다 작물에 부어 준다고 하니 그 지극정성에 작물들도 놀라지 않았을까.

오늘도 L선생님으로부터 전화를 받았다. 유기산 미생물을 활용한 농법에 대해 의논하시는데 진지하다. 인내와 집념이 남다른 초인이다. 전화를 끊고도 남아 있는 것 같은 여운을 느끼며 늘 최선을 다하는 열정을 배운다.

초야에 묻혀 있는 일류. 이류나 삼류가 제 잘난 체하는 세상이다. 능력이 있는 사람이 대우받고 인정받는 사회는 언제쯤 오려나.

4부

꼴찌와 32라는 숫자

짝

수필 동호회 합평이 있는 날이다. K선생님을 모시고 가는 길에 J선생님도 합승했다. 남자다운 굵은 목소리가 인상적이다. 말이 없고 몸가짐도 조용하신 분이다.

J선생님이 글을 발표하는데 한쪽 눈을 잃은 사연이다. 낚시하던 중에 타인이 챔질로 날아온 뽕돌이 눈을 잃게 했다니, 내 일인 것같이 마음이 아프다. 배우자를 떠나보내고 사는 것처럼 한쪽 눈으로 산다는 것이 얼마나 심란한지 나도 경험을 했었다.

교통사고로 입원했다. 뒤에서 달려온 차가 달려들어 내 차를 날려버렸다. 쇠기둥을 들이받고 멈춘 차를 다시 달려와 받는 삼중 추돌의 충격이었다. 차는 폐차장으로 끌려가고 난 병원으로 실려 갔다. 목과 어깨의 통증이 가시질 않는다. 오랜 입원으로 무료한 날이 흘러갔다.

간호사가 내 눈을 보며 안과 치료를 받아 보라 권한다. 안과에서 치료와 함께 익상 제거 수술을 받았다. 안대로 가린 한쪽 눈 때문에 몹시 불편했다. 거리 측정이 안 되어 차 운전도 힘들고 적응이 되지 않아서인지 눈을 감아도 어지럼증까지 왔다.

퇴원하고 통원 치료를 받는 데 버스를 이용했다. 걷는 것조차도 왜 그리 어정뜨는지. 조물주가 짝을 이뤄 눈 둘을 준 이유가 있었다. 몸이 천 냥이라면 눈이 구백 냥, 눈이 보배라는 말들이 허튼소리가 아님을 알았다.

J선생님께서 그 불편함을 안고 계신 걸 나눌 수는 없겠지만, 따뜻이 배려하는 마음이라도 가져야겠다.

두 번째 가출

M과 그의 친구였던 S와 옥상으로 올라갔다. 꼬마 목수 셋은 나란히 드러누워 별을 헨다. 밤하늘 별들은 왜 그리움을 자아낼까, 힘든 노동을 못 견디겠다는 핑계를 대며 무작정 도목수 집을 나섰다. 귀소본능이다. 제주시에서 동쪽으로 터벅터벅 걸었다. 우리들의 두 번째 가출이다.

마음이 불안하다. 내일 내 운명은 어떻게 될까, 지난날처럼 다시 잡혀가는 건 뻔하다. 집으로 들어가 봐야 반겨줄 사람 없는 현실 앞에 울컥한다. 내 마음과 다름없을 그 들도 걷는 발에 힘이 없다.

삼양에 집이 있는 그들과 헤어졌다. 남은 6km를 혼자 걸어야 한다. 세상에 내 편은 아무도 없다. 외로움으로 짙은 어둠에 덮인 길이 더 무섭다. 달리다 걷기를 반복했다. 열두 살 어린 가슴 속에 가득 틀고 앉은 그리움.

집에 도착했지만 들어갈 엄두가 나지 않는다. 도목수인 외삼촌 집을 허락 없이 나왔다는 것만으로도 호된 꾸지람이 따를 것이다. 어찌해야 하나.

가출도, 집으로 들어감도 내 힘이 미치지 못한다는 걸 안다. 난 자유를 박탈당한 새장의 새임을, 목줄에 묶인 강아지 같은 처지임을 알고 있다. 당장 굶지 않으려면 명령에 따라야 한다. 거스른 행동으로 호된 욕과 매가 가해질 것이 두렵다. 망설이다 발길을 돌렸다. 겨우 도착했던 그리운 집을 떼어 놓으려 훌쩍이는 가슴을 달래야 했다.

부지런히 걸어가면 새벽엔 제주시에 도착하리라. 지나온 길을 되돌아 걷는다. 돌이킨 발걸음은 오던 걸음보다 더 버겁다. 현실로 돌아간다는 것은 그리움을 포기한다는 의미다. 허리가 휠 것 같은 노동 때문이 아니다. 어머니, 아버지, 동생들이 보고픈 마음을 견디지 못함이다.

시내로 들어서니 동이 튼다. 불안한 마음을 안고 달렸다. 문을 밀고 들어서는데 화장실을 다녀오던 외삼촌과 마주쳤다. 그냥 일찍 일어난 것으로 아는 걸까, 아무렇지도 않게 인사를 받는다.

아침 밥상을 받고서야 두 소년이 사라진 것이 들통났다. 난 자리에 있었으므로 의심에서 제외되었다. M은 외숙모의 사촌 동생이다. 화가 난 외숙모가 급히 삼양으로 떠났다. 곧 나도 가출에 동참했었음이 들통나리라.

60리가 넘은 거리를 밤새워 달렸던 피곤한 몸을 추스르며 무거운 목재를 날랐다. 외숙모가 돌아오면 곧 닥칠 폭풍이 졸음을 몰아낸다. 부르튼 발이 아프지만 어루만질 마음의 여유가 없다.

공사장 집터 옆에 돌 동산을 제거하기 위해 석공과 발파하는 사람이 일했다. 석수가 구멍을 파면 다이너마이트를 집어넣고 폭파한다. 발파는 위험하므로 전문가가 설치했다. 그 인부 중에 20대 후반으로 보이는 K아저씨와 친하게 지냈다.

그는 전라도가 고향이다. 아버지와 농사짓는데 농사일이 너무 힘들어서 가출했단다. 가끔 붕어빵을 사 와 먹으며 하날 내밀기도 하고, 우스갯소리로 힘든 노동을 이겨 내게 해주었다. 잠시 쉬는 틈에 그분에게 어젯밤 가출을 했었노라고 실토했다. 한동안 말없이 담배만 빨아들이고 내뿜다 진지한 표정으로 말한다.

"난 지금 가출을 후회하고 있다. 농사일이 힘들어도 이보다 힘들진 않은데 돌아갈 용기가 없어. 이렇게 살면 미래가 없다는 것도 안다. 그냥 아버지에 대한 반항일 뿐이었다. 혼자가 되면 편할 줄 알았는데 이젠 엄한 아버지가 그립구나. 내일 돌아가려고 결심했어, 너도 다시는 그러지 말아. 그래도 외삼촌 집이잖니,

남보다는 낫겠지."

점심때가 되자 외숙모가 점심밥 바구니를 들고 현장으로 들어왔다. 날 보더니 활짝 웃으며 착하다고 연신 칭찬한다. 영문을 모르겠다.

햇볕 뜨거운 현장엔 세 사람의 그림자가 지워졌다. 두 꼬마 목수는 외삼촌이 더는 받아 주질 않았다. K도 고향으로 돌아갔다.

수많은 사연을 품고 세월이 흘렀다. 결혼하고 아이가 백일을 앞둔 날이다. 기름보일러가 말썽을 부려 감기 기운이 있는 아이가 걱정이다. 밤이 깊어 가고 있었지만 보일러 수리 기사를 급히 불렀다.

문을 열고 들어서는 M과 마주친 난 눈을 동그랗게 떴다. 20년 만의 만남이다. 온 정성을 다해 수리하면서 말한다.

"그때 눈치로 네가 되돌아간 걸 알았어, 가출 시도는 우리만 했던 걸로 숨겼지, 중학교에 들어갔다는 네 소식을 누님에게서 들었지. 나도 이젠 보일러 수리공이 되었는데 먹고살 만하다."

그는 수리비도 받지 않고 미소만 남기고 돌아섰다. 그가 사라진 동구 밖을 한동안 서성이며 지난날을 떠올린다. 그리워할 일은 아니지만 지나고 나니 그립다. 그 밤처럼 하늘엔 별만 깜박인다.

삼원 교잡종

칠월 칠석은 아들이 태어난 날이다. 견우와 직녀가 일 년 만에 재회하는 날이니 좋은 날이라고 하는데 맞는 말인지 모르겠다. 가족의 생일날이면 정해진 것처럼 사촌 동생이 운영하는 불고깃집에서 외식한다.

아이들은 삼촌이 하는 식당이라서 그런지 더 맛있다며 다른 고깃집은 거들떠보지도 않는다. 늘 그곳은 손님이 넘친다. 오늘도 빈자리가 별로 없다.

식탁마다 고기 굽는 소리로 요란하다. 무더위와 뜨거운 불판에서 내뿜는 열기를 식히느라 커다란 에어컨이 용을 쓰고 있지만, 힘에 부쳐 보인다.

종업원이 고기를 가져왔다. 흑돼지임을 알리듯 까뭇한 털 자국이 보인다. 옆자리는 관광객인 것 같다. 리더인지 안내를 하는 사람인지 모르나 제주 토종 흑돼지라서 더 맛있다며 맛집을 찾은 걸 은근히 공치사하고 있다.

아들이 고기를 구우며 친구들도 회식할 때는 이곳으로 고정해 놓았다고 한다. 날짜와 시간만 정해 통보하면 끝이란다.

세상 참 좋아졌다. 유전자를 마음대로 주무르는 시대가 되니 빨리 자라는 흑돼지도 만들어 냈지 않은가. 옛날엔 생각지 못했던 일들이 쉽게 이루어지는 과학 시대다.

사료가 모자라서 애쓰던 내 모습, 그런 현실 속에서도 출산의 고통을 겪던 어미돼지와 태어나는 아기 돼지들이 선명하게 떠오른다.

스물한 살에 양돈업에 뛰어들었다. 가난해서 따로 자돈실을 마련하지 못했다. 출산이 시작되면 내 방은 새끼돼지들 차지가 되었다. 왜 그런지 모른다. 출산은 거의 깊은 밤중에만 이루어졌다. 하지만 밤샘을 해도 졸리지 않았다. 귀여운 새끼돼지들이 태어나는 신비함과 기쁨으로 날을 새웠다.

어머니가 새끼돼지를 받으면 난 그것들을 품에 안고 내 방으로 가져다 젖은 몸을 닦아냈다. 몸이 뽀송뽀송해지면 헌 담요를 덮어 주며 막내가 태어나기까지 기다렸다. 출산이 끝나면 어미에게 데려가 몸이 작아 보이는 녀석을 앞쪽 젖으로 차례를 정해 주면 할 일이 끝난다.

출산이 있기까지는 많은 과정이 이루어진다. 가장 중요한 일이 교배다. 삼원 교잡종을 만들어야 한다. 그래야 병에 강하고 육성도 잘되었다.

돼지의 종류는 요크셔, 버크셔, 듀록, 랜드레이스, 이베리코 등이 있는데 당시엔 YLD라 하여 요크서, 랜드레이스, 듀록을 섞어 삼원교잡종을 만드는 게 대세였다. 요크셔는 영국 요크셔주, 랜드레이스는 덴마크의 재래종, 듀록은 미국 동부가 원산지다.

하지만 교잡종을 만드는 일이 쉬운 일이 아니었다. 영세한 나는 종돈이 한 마리도 없었다. 돼지가 발정하면 경운기에 싣고서 종돈을 찾아다녀야 했다.

축산 농가는 병에 강하고 속히 자라는 품종으로 종돈이나 모돈을 선택해야 경제성이 있다. 우리 기술로 통일벼가 생산되어 식량난에 혁명이 이루어지던 시절이다. 통일벼는 다수확 품종이지만 단점은 맛이 없다는 것이었다. 일반미와는 차별되었다. 하지만 많은 농가가 통일벼로 바꿨다. 돼지고기도 맛보다는 양이 우선되는 시대였다.

별 재미를 보지 못하고 양돈은 접어야 했다. 다른 사람과는 다르게 많은 공부를 했다. 국내에서는 풍토병인 제주 돼지에게만 증상을 보이는 낭충을 추적 조사했었다. 중앙으로 교육도 받으러 다녔고, 사육 과정을 정리하여 경진대회에서 수상도 했다. ISO 인증(품질경영시스템)에서 1995년에 식품위생법을 대폭 개정하면서 HACCP(Hazard Analysis and Critical Control Point)이 도입되었다.

국가는 각 시도에서 1인을 선정하여 전문인을 육성했다. 제주에서는 내가 그 교육의 수혜자가 되었다. 축산 분야에서는 한때 제주도에서 한 사람밖에 없는 강사가 되었다. 축산 담당 공무원들, 축협 관계자, 양돈 농가 사장님들이 모두 의무적으로 내 강의를 들어야 했다.

그 시절과는 다른 세상이다. 양보다는 맛을 선호하는 시대다. 제주 토종 흑돼지는 맛은 좋았지만, 몸이 작고 빨리 자라지 않았다. 축산 농가가 토종 돼지에 교잡된 것을 사육하는 것은 적자의 길이었다. 농가에서 음식물 찌꺼기, 농산 부산물이나 먹이며 한두 마리 키우던 것과는 다른 사업이었다.

이제 식감과 맛이 뛰어난 제주 토종 흑돼지 복원이 활발하게 이뤄지고 있다. 더딘 성장과 크기, 낮은 번식력이 품종 개량으로 많이 좋아졌다고 한다. 가격이 조금 비싸지만 선호하는 이들이 점차 많아지면서 흑돼지 사육 농가도 꽤 늘었다.

아들은 노릇하게 구워진 걸 자꾸 내 앞에 올려놓는다. 상추 위에 멸치젓 조금, 마늘 한 조각을 넣어 싸 먹는다. 삼원 교잡종을 만들었는지 꿀맛이다.

꼴찌와 32라는 숫자

유난히 32라는 숫자를 싫어했다. 누구나 좋아하는 것과 싫어하는 것이 있게 마련이지만 특정 숫자에 가난이란 의미를 부여해 가면서 외면했던 지난날이다. 많이 사그라들었다지만 아직도 선입견은 남아 있다.

가난해서 중학교 진학을 포기했다. 12살에 꼬마 목수가 되어 2년이란 세월을 속절없이 보내고 나서야 중학교엘 들어갈 수 있었다. 하지만 납부금을 낼 수 없었다. 고사리 같은 작은 손으로 일을 해야만 했다. 결국 1년 이상 밀린 학비가 스스로 교문을 들어서는 걸 막았다.

담임선생님 부름을 받고 학교로 갔다. 선생님은 날 구제해 주신다며 사환으로 근무하라 하셨다. 밀린 학비도 내고 졸업장도 받자고 했다. 사회에 나가면 중학교 졸업장도 필요할 때가 있을 것이라며. 고마움에 울컥하는 가슴을 눌렀다. 그날부터 학생 신분으로 사환 일을 시작했다.

어릴 때부터 눈칫밥을 먹어 왔던 덕분에 선생님들 비위를 잘 맞췄는지 모른다. 칭찬을 들으며 학교생활에 정을 붙였다. 2학년에 못 냈던 납부금을 처리하고 3학년 몫을 내고 있다며 행정실 K 누나도 웃어주었다.

곧 있을 졸업식 준비로 분주했다. 졸업 앨범을 만든다며 교정은 들떠 있었다. 담임선생님이 부르시더니 학생복을 빌려 입고 사진을 찍으라 한다. 나도 졸업 앨범에 들어간다는 말이다. 눈물이 나오려는 걸 꾹 눌러 참았다.

앨범이 나왔다. 김인홍 선생님께서 당신 몫인 앨범을 내게 선물이라며 주셨다. 얼굴과 밑에 적힌 성명은 양재봉이지만 이름표는 임남홍이란 이름이 선명하게 찍힌 사진에서 눈을 떼지 못했다. 가난이란 것에 쓴 미소를 지으며 슬픈 마음을 삭였다.

담임선생님이 정리하라는 성적표를 보다가 내 성적표에 눈이 갔다. 평균 점수가 32점이다. 아무리 찾아봐도 그 숫자보다 낮은 점수를 받은 학생은 없었다. 누구에게 들었는지 기억은 없지만 평균 40점 미만이면 졸업이 불가하다 했다. 그럼 난 어찌 되는 것인가, 물어보지도 못하고 늦은 밤이 다음날로 바뀔 때까지 숙직실에서 흐느꼈다.

문득 1학년 때부터 많이 아껴 주시던 국어 선생님이 혼잣말처럼 하시던 말이 떠오른다. "네 성적을 적어야 하는데 제일 낮은 아이 성적보다 더 주면 나중에 문제 될 것이라 그럴 수도 없고…."

그랬다. 내 성적은 시험을 볼 수 없기에 직원회의에서 제일 낮은 아이 성적에 1점 낮게 기록하자는 결정이 있었나 보았다. 어쩌다 학생이나 학부모가 민원을 넣을 수도 있을 것을 대비했던 것 같다.

남 탓도 했다. 공부 못하는 아이들을 원망했다. 멍청한 놈들, 그래도 40점은 넘어 줘야지 너희 때문에 나까지 피해를 보지 않느냐며. 그러다 또 32라는 숫자를 떠올리며 멀쩡한 눈만 퉁퉁 붓게 학대했다.

다음 날, 담임선생님 앞에 섰다. 내 고민을 들은 선생님은 허허 웃으며 잠시 생각에 잠기시더니 "걱정하지 마라, 그래서 얼굴에 눈물 자국을 그렸구나. 3년 동안 전체 성적을 평균 내면 넘친다."

시름을 덜어냈지만, 다시 32라는 숫자를 떠올리며 부당하다는 생각이 가슴속에 꿈틀댔다. 가난 때문에 받은 꼴찌다. 가난에 복수를 해야 한다. 32라는 숫자를 쳐다보기도 싫었지만, 그걸 꾸역 꾸역 가슴에 새겼다.

졸업을 앞두고 많은 선생님께서 그냥 학교에 남으라고 했다. 야간이나 새로 생긴 방송통신고등학교에 입학하여 공부를 계속 해야 한다고 조언하셨다. 하지만 나만 생각할 수 없었다. 병중인 부모님과 할머니, 다섯이나 되는 동생들이 있었다. 돈을 벌어야 하는 가장이나 다름없었다. 자존심도 허락지 않았다. 가짜 사환에서 진짜 사환까지 되고 싶진 않았다. 특히 책을 펼치고 앉고 싶었던 책상들을 창문 너머로만 바라봐야 하는 가슴이 무너져 내려 괴로웠다.

일본 밀항을 꿈꾸었지만 20만 원이라는 돈이 없다. 무작정 도회지로 나갈 궁리를 했다. 마침 부산에서 철물점 점원 자리가 있어 연락선에 몸을 실었다. 월급이 5천 원이라 한다. 학교에서는 8천 원의 급여와 3천 원의 숙직비, 선생님들께서 주시는 용돈을 더하면 행정실 누나의 월급과 비슷했다. 그와 비교하면 턱없는 액수지만 보이지 않는 성공을 꿈꾸며 바다를 건넜다.

46년이란 오랜 세월이 흘러갔다. 그동안 32란 숫자를 원망하며 살기도 했다. 그 점수는 가난이라며, 부당함을 당한 꼴찌의 숫자라며 속앓이를 했었다.

가난 때문에 수많은 고통과 눈물로 세월을 보냈다. 난 가난 덕분에 성실했고, 노력하며 살았다. 가난은 나태해지려 할 때 담금질했으며 꼴찌에서 벗어나게 했다. 늦게 도전한 공부는 반에서

1등을 놓아 본 적이 없다. 대학도 두 개의 학위를 가졌다. 사업도 맨 앞에서 달렸고, 나를 잘 아는 사람들은 자수성가했다고 말한다. 가난이 무엇이든 최선을 다하게 했지 않았던가.

꼴찌를 안겨 주었던 32란 점수가 날 키운 1등 공신이 아닌가, 가난의 일부였을 뿐이다. 지난날을 회상해 보면 꼴찌나 그 숫자가 날 이롭게 이끌었지 해로움을 준 적이 없다. 이젠 꼴찌와 그 숫자도 더 소중하게 품어야지.

명당

J선배가 책 한 권을 건넨다. 풍수지리, 심리, 집 안 물건 배치의 요령 등이 적혀 있다. 책을 펴들고 처음엔 시큰둥했는데, 읽을수록 빠져들었다. 서비스업 쪽에 필요할 것 같았다. 같은 물건을 진열해도 사람의 마음을 끄는 상품 진열 위치가 있다는 건 아는 이야기지만, 그에 미치는 영향이 크다는 것에 더욱 고개를 끄덕이게 했다.

풍수지리에서는 내가 가진 자그마한 땅을 대입해 가며 재미있게 읽었다. 아마 내 집터가 나쁘다는 결과로 나왔으면 재미를 덜했지 않았을까, 심리학은 오묘함을 넘는다. 책꽂이에 넣어 두며 다시 보리라 다짐했다.

여러 해 전에 가깝게 지내던 선배 B가 김녕으로 이사 갔다. 허허벌판처럼 보이는 곳에 달랑 집 하나 있는 곳이다. 흰 파도를 몰아 달려든 북풍이 마음마저 얼어붙게 한다. 선배는 그곳에서 식용 개를 사육했다. 개 짖는 소리, 거친 바람 소리, 인적 없는 적막한 들판은 그런 사업을 하기에 안성맞춤 같지만, 사람이 살기엔 삭막해 보인다. 그래서일까, 땅값이 평당 3만 원으로 헐값이다. 2005년도 그 시기에 우리 집 부근 땅값에 비하면 열 배 차이가 난다.

텃밭을 일굴 봄이 성큼 다가온다. B 선배가 거름으로 좋으니 견분을 가져가라 한다. 트럭을 몰고 찾아갔다. 햇볕이 강하게 내리쬔다. 차에 거름을 싣느라 이마에선 구슬땀이 흘러내렸다. 출렁이는 파도가 지척인 듯 손에 잡힐 것 같다. 가끔 불어오는 건 바다에서 보내온 하늬바람일까, 시원하다. 남쪽 저 멀리엔 웅장한 한라산이 보인다. 주변은 높지도 낮지도 않은 벌판이다. 마늘, 양파, 쪽파, 보리를 심은 밭은 융단을 깔아 놓은 것같이 푸르다.

겨울과는 사뭇 다른 모습에 마음을 빼앗겼다. 그리 넓지 않은 땅에 아담한 집을 짓고 노후를 보내면 좋겠다는 속마음을 선배에게 말했다. 이유를 말하지도 않고 손을 내젓는다. 아마 겨울의 삭풍과 마을에서 제법 떨어진 위치라 적적함 때문일 거라며 웃어넘겼다.

친환경적인 삶은 고단함을 안긴다. 많은 일에 치이며 살아야 한다. 그곳을 마음에 두었지만, 다시 찾는 일은 일 년에 두어 번, 인연이 닿지 않아 정인情人처럼 품고 지냈다. 세월은 부동산에도 변화의 바람이 몰아닥쳤다.

우리 집 부근 땅값이 이백만 원을 거느리고 최근 남의 손에 넘긴 K 은사님 집도 그만큼 계산이 나온다. 은사님 집을 다녀오다 B 선배가 하는 건강원 문이 열려있기에 그리로 들어갔다. 코로나19가 차단한 몇 개월 만의 만남이다. 약초를 진하게 곤 차 한 잔을 받아들고 안부로 시작해 이야길 나눴다.

땅을 팔았다는 말을 꺼낸다. 보신탕 인기가 시들해지면서 식용견 사육도 접었다. 평당 백만 원에 넘겼다 한다. 너른 벌판과 에메랄드빛 바다, 한라산을 품고 있던 그곳을 팔았다 하니 내 것을 잃은 것처럼 아쉽다는 마음을 전했다.

그 말에 사람이 살기엔 환경이 매우 나쁜 곳이라며 정색한다. 사방이 밭으로 둘러싸인 곳, 밭마다 뿌려대는 각종 농약이 날아든다. 대부분 한적한 전원생활을 꿈꾸지만, 지역 선정을 잘해야 한다는 거다. 결국 선배는 자기 취향에 기울었다. 도시를 동경해 그 속으로 들어갔다.

사람이 살아가는 명당을 다시 생각하게 되었다. 환경을 논할 때 우리는 자연환경만을 생각할 수 있다. 중요한 것은 자연만이 아닌 인간이 만들어 놓은 환경이 더 중요하다는 것을.

K선생님께서 읍내 동산 집을 넘기시고 제주 시내 한복판으로 옮기셨다. 앞마당 잔디의 포근함과 각종 나무가 깊은 그늘을 만드는 곳에서 우뚝 솟은 아파트 건물이 대신하는 곳으로, 잔디를 밟으며 아령을 들었던 마당은 아예 없는 곳, 자연과 동떨어진 환경이다. 하지만 그보다 더 소중한 것이 있다. 어떤 자연도 대신할 수 없는 아드님과 손주들 곁은 자연과 견줄 수 없는 또 하나의 안식처겠다.

이젠 명당도 지리적 여건보다 사회적 혹은 혈연적인 여건이 더 중요한 시대가 된 것 같다.

수제비

겨울이면 가끔 혼자 집에 남겨진다. 아내는 지인 과수원으로 귤 따는 일을 도와주러 가고, 아들과 며늘아기, 딸은 직장으로 바삐 떠나기 때문이다.

점심때가 넘어가니 배가 고프다. 식탁보를 걷으니 아내가 정성스럽게 차려놓은 밥상이 단정하다 못해 신비감으로 소중해 보인다. 생선구이는 전자레인지에 넣고 데우면 되고, 좋아하는 뭇국은 차게 먹어도 맛있다. 밥통엔 김이 모락모락 오르는 오곡밥이 들어있다. 하지만 오늘은 왠지 밥을 봐도 입에 침이 돌지 않는다. 문득 추억의 수제비를 해 먹자는 생각에 옷소매를 걷어붙였다.

밀가루 두 스푼, 전분 가루 한 스푼, 계란 하나가 내 입맛에 맞는 황금 비율이다. 국물용 멸치를 몇 개 넣고, 다시마 조각도 한 개 곁들였다. 바지락도 몇 개 넣고, 파도 송송 썰어 빼놓지 않았다. 구수한 국물이 어서 반죽을 넣으라는 듯 끓는다. 걸쭉한 반죽을 숟가락으로 떠 넣었다. 보골거리는 냄비 속 소용돌이를 만난 반죽은 밑에서 열을 받아 익으면 위로 떠오르면서 냄비 가장자리를 여행하듯 돌아다닌다.

맛을 본다. 맛있다. 쫄깃한 식감은 전분이 만들어 냈다. 담백한 맛은 멸치와 다시마가 주었고, 거기다 계란이 풍미를 더 했다. 이보다 더 맛있는 요리가 어디 있을까.

수제비를 보면서 어떤 지인은 가난했던 시절 물리도록 먹어서 싫다고 했다. 이웃집 L은 어린 시절에 질리게 먹어서 보리밥은 꼴 보기도 싫다 했었다. 가난했다지만 진정한 배고픔을 모르는 사람들이다.

가난해서 중학교엘 못 갔다. 2년을 목수일 하다 겨우 들어간 중학교도 자퇴를 해야 했다. 연로하신 할머니, 병중인 부모님, 다섯이나 되는 동생들이 겨우 끼니를 해결하고 있었다. 약초를 캐봐야 3등급 밀가루를 조금 산다. 벗어날 기약 없는 적빈에 하늘을 원망했다. 왜 가난을 만들었냐고, 밝은 희망이라도 주어야 하지 않느냐고, 당신은 참 나쁜 신이라며.

담임선생님이 사환이라도 하면서 졸업장은 받자고 했을 때 그건 구원이었다. 졸업장보다 배고픈 동생들, 아픈 부모님, 할머니가 눈에 아른거렸으니까, 자정이 넘도록 순찰을 돌아야 하겠지만 학교는 내 잠자리를 줄 거니까, 희망이란 한 줄기 빛이라도 기대할 수 있을 것 같았으니까.

열심히 일했다. 일요일엔 하지 않아도 될 서무부장의 과수원으로 불려가 공짜 일도 죽어라 했다. 있는 자의 횡포에 스스로 노예 같다고 생각하면 서러웠지만 참아 내야 했다.

그렇게 사환으로 받은 월급은 숙직비를 포함해 11,000원, 밀린 학비를 내고, 어미를 기다리는 제비 새끼처럼 입을 벌리고 있을 동생들을 위해 정부미 한 포대를 어깨에 메고 집으로 향했다. 열일곱 살 나이가 장정도 아닌데, 쌀 한 포대가 왜 이리 가볍냐고 푸념했다.

내 호주머니엔 1,700원이 남는다. 숙직실에서 내가 견뎌야 할 한 달 생활비다. 압맥 보리쌀에 통일벼 쌀이 섞인 정부미에선 해묵은 쌀 냄새가 났지만 박박 문질러 씻기도 아까웠다. 일주일에 한 번 알루미늄 냄비에 밥을 하면 3일 동안 조금씩 덜어내어 조선간장 찍어 아껴가며 먹었다. 그런 밥이라도 배부르게 먹어 봤으면 했다.

계획에 따라 나머지 나흘을 버텨야 한다. 값싼 밀가루 한 되를 샀다. 허기에 세 스푼을 떴다가 도리질하며 덜어내고 양을 불린다고 물을 더 부어 걸쭉하게 하고 수제비를 만들었다. 선생님들 끓여드리며 남은 걸 모아 두었던 라면 스프라도 조금 넣는 날엔 고급 요리가 되었다. 그것마저도 배부르게 먹을 수 없었다.

가난한 시절, 둘째로 태어났지만 형은 할머니와 따로 살고 맏이처럼 동생들을 보살피며 살았다. 보리밥에 김치 하나로 끼니를 때웠지만 아버지가 사업을 하는 동안은 배곯지는 않았다. 문제는 수도 없이 도전하던 사업 실패를 맞을 때면 여지없이 보리쌀은 떨어지고, 눈칫밥을 먹어야 했다. 낭푼이 하나에 보리밥을 떠놓고 가족 모두가 먹었다. 아이들 먹을 게 모자라선지 먹다가 슬며시 숟가락을 놓던 어머니 따라 나도 숟가락을 놓았다.

그 시절을 떠올리면 부드러운 수제비가 목을 넘어가는 것도 호사다. 흐릿해지는 시야를 참아야 하는 맛이라며 울컥해 하기도 한다. 수제비, 황제의 밥상 같은 진수성찬을 받아도 그렇지 않은데 참 별난 음식이다.

많이 먹지도 않았는데 시장기를 덜어냈다. 식어 버린 수제비는 닭과 강아지의 간식거리다.

물주전자

한 달 후에 건강검진을 받기로 예약했다. 지난번 검진 때 의사가 과체중이니 식단 관리와 운동으로 체중 조절할 것을 권했다. 조금이라도 성의를 보이는 게 좋겠다. 끼니마다 밥 한두 숟갈만 먹으며 탄수화물 섭취를 확 줄였다. 배가 고프면 무나 고구마를 생으로 씹으며 참았다.

그런데 그게 마음대로 되지 않는다. 며느리와 아이들이 맛난 것을 대접한다며 훼방(?) 놓고, 오랜만에 친구가 찾아와 맛집으로 가자는 걸 뿌리치지 못한다. 게다가 아내가 코앞으로 들이미는 몸에 좋다는 걸 먹다 보니 체중은 별로 달라짐이 없다.

과일 위주로 섭취하며 탄수화물과 고기를 더 멀리했다. 심했나 보다. 단백질이 모자란 건지 허기가 밀려왔다. 계란이라도 삶아 먹으려고 냄비를 찾았으나 마땅한 게 없다. 작은 주전자가 보이기에 거기에다 넣고 삶았다. 앙증맞은 주전자를 바라보니 40여 년 전 숙모님이 떠오른다.

이른 폭염에 가뭄이 길기만 하다. 이웃 마을에 사시는 숙모님이 조를 파종해야 하는데 밭갈이할 경운기를 빌리지 못하겠다며 전화를 하셨다. 너무 더워서 차일피일 미루다 파종 시기가 넘어가니 내게 밭갈이를 부탁했다.

경운기를 몰고 10km가 넘는 아스팔트를 달렸다. 뜨거운 열기가 훅하니 안겨 와 얼굴을 수차례나 찡그리며 도착했다. 씨앗을 다 뿌려 놓고 이제나저제나 기다리던 숙모님이 나를 보자 활짝 웃으신다.

나무 그늘 하나 없는 사질토양이다. 밭갈이 로터리를 돌리자 뽀얀 먼지가 일어난다. 눈과 코로 들어 앞이 잘 보이지 않고 숨쉬기도 어렵다. 이 마을 사람들이 밭갈이를 거절한 이유를 알 만했다. 새까맣게 먼지 뒤집어썼을 내 얼굴을 그려 본다. 얼굴로 손을 가져가면 땀이 흐른 곳엔 떡진 먼지 덩어리가 뜯겨 나왔다. 그래도 정성 들여 꼼꼼하게 밭을 갈았다.

겨우 일을 마치고 나자 나지막한 돌담이 만들어 준 그늘로 오라고 손짓한다. 작은 물 주전자와 빵을 건네주신다. 햇볕에 달궈진 돌담이 뿜어내는 열기가 후끈하다. 입안엔 먼지가 가득한 느낌이다. 물을 아껴가며 헹구기를 여러 번, 조금 개운해졌지만 마실 물이 없다. 워낙 작은 주전자였다. 시장했지만 빵과 같이 마실 물이 없으니 빵 봉지를 경운기에 싣고 집에 가서 먹겠다고 했다.

무더위에 걱정되어 오늘은 밭일 그만하시라고 권했다. 하던 일 마무리를 하고 간다며 모셔다드린다는 걸 사양하셨다. 숙모님을 남겨두고 오려니 머뭇거려지지만, 어서 집에 도착해 시원하게 샤워하고 싶었다. 서둘러 길을 나섰다.

가을이다. 가뭄에도 새싹을 올리고 잘 자라는 조의 특성으로 풍작이라 한다. 들길에서 조 이삭이 고개를 푹 숙인 걸 보면 숙모님 밭이 궁금했다.

조바심을 마친 숙모님이 보리도 파종해 달라는 전화를 주셨다. 내가 밭갈이를 잘해 준 덕분에 더 풍족히 수확했다지만 그날 고생한 조카를 위해 덧붙인 말이겠다.

다시 달려가는 길, 지난번 조 파종할 때 더위를 생각하면 선선한 가을바람이 고맙기만 하다. 도착하여 준비하는데 유난히 큰 양은 주전자가 눈에 들어온다. 뚜껑을 열어 보니 맑은 물이 찰랑거릴 듯 가득 들어있다. 이 무거운 걸 들고 오시느라 팔이 다 빠지셨을 텐데. 한 사발 비워 내고 벌컥벌컥 마셨다. 미소를 머금고 바라보시며 말씀하신다.

"이제야 한이 풀리는 것 같구나. 지난번 조 밭갈이 할 때 양이 모자라서 목도 축이지 못하고 보낸 것이 내내 가슴에 남았었는데…."

아, 그러셨구나. 먼 길을 걸어오시느라 힘에 겨워 작은 주전자에 물을 길어 왔던 미안함이 남아 있었던 거다. 그래서 힘들게 큰 주전자에 물을 가득 담고 오셨구나. 마음이 참 여린 분이다. 그 후로 숙모님의 고운 마음에 답하듯 어떤 일이든 앞장서서 도울 일을 찾아 해결해 드렸다. 무조건이란 말이 숙모님과 나 사이를 더 튼튼한 다리로 이어 놓았다. 내가 드린 의견은 모두 정답이 되었다. 결혼하자 아내를 나보다 더 믿고 아이들이 태어나자 나보다 더 좋아해 주셨다.

계란이 잘 삶아졌다. 따뜻한 계란을 먹으며 떠올리는 얼굴들, 가족, 친인척, 스승님, 벗과 지인. 많은 사람이 영상을 만들며 지나간다. 마음이 평온하다.

저 세상에서 만나자

핸드폰이 짧은 신호를 보낸다. 습관적으로 열었다. 동창 B가 기어코 숨을 놓았다는 소식이다. 급히 장례식장으로 차를 몰았다. 비는 왜 그리 쏟아지는지.

그를 떠올리면 늘 소주가 곁에 있다. 좋은 안주는 사치다. 김치 아니면 어쩌다 얻어 온 것, 바닷가에 보금자리를 틀었으니 아는 뱃사람이나 지나던 낚시꾼에게 얻은 소소한 안줏거리를 손수 다듬어 장만했을 그런 것이 고작일 뿐이다.

보잘것없는 안주처럼 마음도 늘 빈곤해 보였다. 사실 벌이가 시원치 않았다. 보험설계사를 했으니 벗들에게 신세를 지는 기분이었겠다. 자동차 보험이 주를 이루면서 만기가 될 때마다 곤궁한 마음을 담고 전화를 걸었을 것이다.

난 그에게 가장 큰 고객이었다고 토로한 적이 있다. 사업을 하면서 너 댓의 자동차를 굴렸다. 당연히 그가 내민 문서에 해마다 도장을 눌렀다. 거기에다 직원들 자가용도 연결해 줬으니….

동창회가 있던 날이다. 그가 술잔을 들고 다가왔다.

"미안하다. 늘 생각은 하면서도 밥 한번 사지 못했네."

그가 내민 투명 유리잔, 작고 싸구려 티가 나는 술잔을 가득 채운다. 꾹꾹 눌러 더 채워 주고 싶었을 그의 마음을 왜 모르랴. 그가 세상에서 제일 맛있다는 소주, 한 방울이라도 더 담아 주고 싶어 하던 애틋한 표정, 유난히 커다란 눈이 자꾸만 떠올라 울컥하다.

그는 아들과 딸 하나씩을 두었다. 아들은 우리나라 최고 명문대학을 나오고 누구나 부러워할 삼성그룹에 들어갔다. 어려운 살림에 잘 키웠으니 더 보람 있지 않았을까.

여름 야유회가 있던 날이다. 바닷가 천막 속에 반바지 차림으로 모였다. 술잔을 건네 소주를 따르며 인사했다.

"이제 한시름 놓았겠네, 요즘 술맛 더 좋지, 축하하네."

커다란 눈을 두어 번 끔벅이더니 술잔을 입으로 가져간다. 머리를 약간 쳐들어 술을 삼킨다. 목젖을 따라 내려가며 꿀꺽이는 소리가 각별하게 들려왔다. 술잔을 내게 건네며 하는 말.

"난 그 인사가 싫네, 그 녀석 뒷바라지하느라 이 좋은 술을 눌러 참았네, 삼성에 들어가면 뭣하나, 내겐 소주 한잔 안 생기는 걸."

농 반, 진 반으로 들렸지만, 그의 생활을 알기에 고민이 뭔지 넘겨 짚어본다. 아들이 금의환향했지만, 이 사회의 현실은 냉혹하다. 안정된 자리를 잡을 때까지 넘어야 할 산들이 적잖음을 왜 모르겠는가. 혼기를 앞둔 자식들에게 내어 줄 수 없는 빈손이 부끄러울 거란 걸. 기쁨을 누른 근심이 더 크게 채워졌을 걸 알 만하다며 그를 쳐다보았었다.

사람 사는 당연한 모습이련만 그에겐 버겁게 느껴짐은 그를 잘 알기 때문이다. 하나를 얻으면 또 하날 더 가져야만 하는 그런 욕심이 아니란 걸 알기에 술잔을 채워 주는 거로 대답을 대신했다.

그는 술을 무척 사랑했다. 사랑한 죄의 대가가 컸다. 환갑을 넘기고 1년쯤 흘렀을까, 알코올성 치매를 앓기 시작한 그다. 요양원에 입소한 지 한 달 남짓, 그렇게 그는 이미 저승으로 가는 길에 서 있었다.

창가로 걸음을 옮겼다. 짙은 어둠에 휩싸인 주차장, 차가 들어가더니 사람이 내린다. 시골 장례식장 주차장은 시멘트 포장이 아니다. 소나기와 차의 바퀴로 짓이겨진 흙으로 질척댔다. 우산을 들고 헤드라이트 불빛을 따라 골라 딛지만 아랫도리를 적시는 빗물이 보인다. 눈에 들어오는 모든 것이 슬퍼만 보였다.

그와 마지막 이별이 서러운 벗들 대여섯과 함께 영안실 앞에 섰다. 어린 시절과 초등학교부터 시작된 학창 시절들, 어른이 되어도 고향을 지켜온 우리들 아닌가. '얼굴 마주 보던 그 세월이 60년을 넘었구나.' 그렇게 생각하면 참 도탑고 소중한 인연이다.

그의 아들이 다가와 편안히 식당 의자에 앉아 약주라도 드시라며 여러 차례 오가지만 귀에 들어오지 않는다. 이 밤이 지나면 한 줌 재로 변해서 뿌려질 그를 두고 차마 곁을 떠나지 못한다. 기둥처럼 서서 소나기로 무너질 것 같은 하늘을 받침인가. 그가 오를 하늘이 온전하길 바라면서.

따라갈 수 없는 길이기에 인연의 끈을 놓지 못한다. 다시 만날 날이 언제일까, 명을 달리해야만 이어질 끈이란 사실이 애처롭기만 하다. '친구야, 우리 저 세상에서 다시 만나자.'

대신 울어 주듯 폭우로 내리는 소나기에 흔들리는 밤.

나비

늦여름에 배추와 무를 심고 파종했다. 여린 배추 모종과 보드라운 흙을 뚫고 올라온 귀여운 무 새싹은 신생아처럼 앙증맞다. 유산균배양액, 집에서 만든 막걸리, 소주도 조금 넣고, 석화 껍질을 우려낸 것을 넣어 영양제를 만들었다. 그걸 물에 희석하여서 뿌려 준다. 탯줄을 통해 섭취하는 태아처럼 흙에 연결된 뿌리로 쪽쪽 소리 내며 빨아들이는 것 같은 느낌을 받는다. 그렇게 매일 그것들과 눈 맞춤했다.

조급한 마음을 따라 주지는 못하지만 더딘 대로 나날이 몸집을 키워갔다. 옆 무밭은 널따랗다. 그에 비하면 백 분의 일이나 될까 한 텃밭이다. 저것들이 발소리를 듣고 자란다는 말이 맞다. 전문 농이 경작한 이웃사촌들보다 싱싱함이 돋보인다.

가을로 접어들었다. 따뜻한 햇볕이 내려오는 날, 바싹 다가앉아 말을 걸어 본다. 성장기에 접어들었으니 사람으로 치면 관계례를 치를 나이쯤 되었을까, 하객인 나비도 날아와 춤을 추기 시작했다. 이웃 밭엔 그제 농약을 치는 소리 들리더니 그래서인가, 그곳에선 나비의 춤을 볼 수 없다. 친환경을 아는 녀석들이 영특해 보인다.

팔랑거리는 날갯짓, 넓적한 날개를 아래로 내릴 때 하늘로 솟고, 날개를 접을 땐 아래로 몸을 내리는 모습이 춤을 추는 듯 하늘거린다. 벌이나 매미가 날려면 붕붕 날갯짓 소리를 내야 하는데, 저것들은 느린 날갯짓으로 아름다움을 뽐내는 걸까, 조물주의 작품은 늘 감탄을 자아내게 한다.

사랑의 비행이 시작되었다. '날 잡아 봐라' 연인처럼 사랑을 가득 품은 가슴과 눈길로 정분을 쌓는 행위인가, 도망가는 암나비, 그 뒤를 쫓아 거리를 좁히는 수나비의 열정적 접근, 다가가 더듬이로 어루만진다. 전희가 한 시간가량 진행된다니 정녕 아름다운 사랑을 얻는 건 참 어려운 일인가 보다.

누구에겐 짧은 기다림의 시간이 흘렀겠고, 누구에겐 안달복달하는 긴 시간이 흘렀으리라, 은밀한 곳에서 짝짓기가 이루어진다. 수컷은 몸을 둥그렇게 말아 아랫도리를 내민다. 서로 아랫도리를 맞대 끝과 끝이 강하게 붙잡았다. 억지로 떼어내려면 몸이 잘려나갈 만큼 하나가 된다.

나비의 합환, 그 내면은 끔찍한 죽음의 입맞춤이다. 수컷은 몸 안의 모든 영양분과 진액까지 짜내어 암컷 몸으로 들이민다. 움찔거릴 때마다 전이됨은 모든 에너지를 상대로 옮겨가는 양자역학의 과정이다.

짝짓기가 끝나면 헐떡이는 숨을 몰아쉬는 가벼워진 몸을 가을바람이 마구 흔들어댄다. 누가 가을을 결실의 계절이라 했나, 풍요의 계절이며 사랑의 계절이라 했나, 그에겐 죽음의 계절인걸. 이제 흙으로 돌아가야 한다.

수컷을 보내 놓고 암컷은 건강한 배춧잎, 무잎에 하나씩 알을 낳는다. 서로 먹이 다툼이 없도록 분산해서 낳는 건지, 생존의 법칙으로 떨어뜨리는 건지 알 수 없지만, 그들 나름의 내밀한 방식이 있으리라. 먹지도 않고 쉬지도 않고 모두 산란한 암컷도 빛을 잃은 날개를 바르르 떨며 땅 위로 몸을 뉜다. 님의 뒤를 따라 감이다.

나비는 철저한 일부일처제다. 한 배우자와 딱 한 번 짝짓기로 유전자를 남기고 삶을 마감한다. 그래서 그리 오랜 시간을 정성들여 애무하고 사랑을 나눴을까, 자식과도 낳자마자 이별을 해야 할 슬픔이 서러워 배춧잎 뒤에 꼭꼭 숨겨 놓았나.

사람들의 눈엔 아름다움만 보이는 나비, 그의 슬픈 삶을 안다면 시도 노래도 달라졌을 것을.

그들 사랑의 행각이 기억에서 희미해져 갈 무렵 배추와 무도 훌쩍 키를 키웠다. 앙증맞은 구멍을 송송 뚫어 놓더니 그들이 남겨 놓은 사랑의 흔적들이 꼬물대기 시작한다. 돋보기를 들이대고 살펴보니 보호색을 띤 고것들이 귀여운 입을 오물거리고 있었다.

그 아래 고랑엔 반쯤 바스러진 날개가 상여 길을 떠난다. 수많은 생명의 행렬, 고귀했던 삶을 경건히 받듦인가, '어야, 어허야' 상엿소리 들리어 오는 건 오랜 이명의 심술이건만 오늘은 싫지 않다.

개미들의 행렬을 따라가는 서툰 농부의 눈, 호미도 잠시 오수午睡를 즐긴다.

위생

코로나19로 세계가 비상이다. 강의도 뒤로 미뤄지고 모임도 가급적 연기하거나 취소가 잇따른다. 모두의 관심이 그리로 집중해 있다.

해마다 발간하는 문학 동호회 동인지 편집 관계로 모였다. 깔끔해 보이는 일식 식당은 그리 많지 않은 사람들이 앉아 있다. 음식이 나오기 전에는 가급적 마스크를 벗지 않는 모습들이다. 종업원도 하나같이 입을 가리고 주방도 스테인리스로 깔끔하게 꾸며져 청결해 보였다. 그 안에서 일하는 요리사와 조리사도 조리용 마스크를 하고 있다.

이야기를 나누다 보니 소피가 마렵다. 화장실로 들어섰더니 흰 가운에 유난히 희어 보이는 모자를 쓴 요리사가 먼저 와 볼일을 보고 있었다. 곁에 섰다. 볼일을 다 본 그는 세면대 앞에 서더니 거울을 한번 쳐다보며 옷매무새를 잡고는 그대로 나갔다. 깜짝 놀랐다. 요리사가 손을 씻지 않고 나가다니.

순식간에 지나간 일이다. 볼일을 보다 말고 말할 처지도 아니지만, 말문도 막혔다. 자리로 돌아와 앉았으나 그 요리사가 음식을 만지고 있을 손이 자꾸만 눈에 밟힌다. 도저히 이해하기 어렵다. 위생에 가장 솔선수범해야 할 사람이 아닌가.

참을 수 없어서 슬며시 일어나 주방 앞으로 갔다. 남자 요리사는 한 명이다. 조리사로 보이는 주방 아주머니 셋이 그 남자의 지휘를 받는 걸 보면 주방장인 듯싶다. 여성 앞에서 남자 화장실 이야길 하기도 그렇다. 그때 따지지 않고 지난 후 이야기를 꺼냄도 멋쩍다. 그런 사실을 발뺌한다면 괜한 분쟁만 생길 것이다. 아무런 일이 없었다는 듯이 음식을 만지는 그를 보면서 불결하다는 느낌에 기분만 상했다.

푸짐한 음식이 앞에 놓였건만 먹을 수가 없다. 모든 음식이 불결한 손으로 만들었을 거라는 생각이 커져만 갔다. 특히 초밥을 바라보자니 속이 다 울렁거렸다. 그곳을 붙잡고 볼일을 보았을 모습만 떠오른다. 입맛이 없다며 음식은 물론 물도 마시지 않았다. 어서 시간이 흘러 모임이 끝나기만 기다렸다.

차를 마시러 간다는 걸 약속이 있다는 핑계로 일행과 헤어졌다. 차를 몰고 집으로 향했다. 배가 몹시 고프다.

마트로 들어가 과자를 샀다. 동그란 알맹이 하날 입에다 넣고 씹으니 바삭하는 소리가 난다. 고소한 땅콩이 가운데 있다가 맛을 더해 주는 과자다. 하지만 먹어도 먹어도 채워지지 않는 허기.

집으로 들어와 아내에게 밥을 어서 달라고 보챘다. 의아해하는 아내에게 사연을 말하며 허겁지겁 그릇을 비웠다. 문우들에게 알릴 수 없었던 상황이 마음을 더욱 불편하게 했다.

코로나19 감염을 막는다며 국민 대부분이 비상사태다. 초등학생도 높은 관심을 보인다. 감염에 더욱 민감한 먹을거리를 다루는 요리사가 그런다는 것은 무지를 넘어 범죄 행위란 생각에까지 미친다.

가능하면 집밥을 고집했다. 삼식이라 해도 좋았다. 다행히 아내도 닮은 사람이라서 한 해가 기울어도 외식은 손에 꼽을 만큼이다. 그런 비슷한 일을 겪은 사연도 있었다. 그중에 젊었을 때 겪은 일이 지금도 생생하게 남아 있다.

20대 후반이었다. 당구장을 운영하는 친구를 찾아갔다가 당구 게임을 하느라 시간이 가는 줄 몰랐다. 자정이 되어서야 문을 닫고 거리로 나섰다. 함박눈이 내리고 있었다. 저녁을 굶었던 우린 친구가 단골로 다니는 근처 포장마차로 걸음을 옮겼다. 김이 모락모락 오르는 뜨거운 어묵 국물에 국수를 말아 달라고 주문했다.

국수가 나오자 맛있게 먹고 있었다. 추위로 사람들은 종종걸음으로 지나가고 포장마차 안으로 들어오질 않는다. 포장마차 주인도 한가하니 우리랑 말을 섞으며 배가 출출한지 먹을 것을 찾는다.

그는 어묵을 끓이는 통에서 국자로 국물을 뜨더니 반찬을 집는 톱니 달린 집게로 국수를 조금씩 집어넣으며 먹기 시작했다. 치아에 닿는 금속음이 까르륵까르륵 들려왔다. 손님에게 떠 주는 집게가 그의 젓가락으로 쓰이고 국자는 국수 그릇이 되고, 김치를 집어 먹고 나서 우리 반찬 그릇에 부족한 걸 그걸로 얹어 준다. 그 후론 포장마차에서 음식을 먹어 본 적이 없다.

아이들과 짜장면을 먹으러 갔던 중국음식점에선 와작 하고 씹히는 걸 손바닥 위에 뱉어냈더니 으깨진 집게벌레가 보였다. 그 식당을 떠올리면 지금도 소름이 돋는다. 그런 이유로 가능한 외식을 피해 왔다.

음식은 우리 몸과 정신을 유지하는 데 없어서는 안 되는 중요한 것이다. 하지만 위생적이지 못한 음식일 때 안 먹음 만 못하다. 그런 음식은 영양을 얻기 전에 병을 먼저 얻게 된다.

코로나19를 계기로 음식 문화와 위생 관념이 바뀌었으면 좋겠다. 개인 앞 접시 사용, 철저한 청결과 위생교육. 마스크와 손 소독을 한 것만으로도 독감 환자와 결막염 환자가 대폭 줄었지 않은가.

5부

보고 싶은 얼굴

추월

우리나라는 빙상 쇼트트랙의 강국이다. 월드컵 빙상 경기가 설날 연휴를 달군다. 시원한 빙판에서 짜릿한 추월로 금을 캐는 그들이 자랑스럽다.

간발의 차이로 결승선을 통과했다. 환호하며 결과를 기다렸으나 실격 판정을 받고 말았다. 고의는 아니지만 어쩔 수 없는 일이다. 심판과 전자장치의 정밀한 눈에 반칙으로 나왔으니.

우리의 삶 속에도 많은 추월이 이루어진다. 추월이 바른 것도 있지만 그렇지 못할 때가 많다. 운전 중에 당했던 일을 떠올리면 섬뜩하다.

한림고등학교에서 강의 신청이 들어왔다. 먼 길이라 이른 시간에 준비하고 평화로를 따라 달렸다. 여유 있는 시간으로 느긋하다. 추월하려는 차에 앞차와의 간격을 벌려 너른 공간을 만들어 줌은 여유다. 양보 운전을 하면 기분도 좋아진다. 바쁘지 않으면 굳이 속도를 낼 필요가 없다. 노래를 흥얼거리기도 하고 준비된 강의 내용을 곱씹으며 가고 있었다.

갑자기 기다란 트럭이 추월하기 시작한다. 추월이 금지된 곡선 도로인 데다 앞은 사각지대다. 반대 차선에서 갑자기 차가 나타난 걸까, 급히 내 앞으로 차를 들이민다. 트럭에 밀려 갓길로 내려섰다.

아찔했던 순간으로 요동치는 가슴을 두 손으로 쓸어내렸다. 다행이다. 갓길이 평탄했고 정속으로 달렸기에 사고는 면했다. 저 멀리 사라지는 놈을 바라보며 자신의 몰고 있는 차의 길이를 고려하지 않고 들이댄 녀석을 한동안 원망했다.

빙상의 쇼트트랙 추월에서 넘어지면 예리한 스케이트 날에 크게 다칠 수도 있다. 빠른 속도와 미끄러운 빙상의 특성상 진로 방해나 가벼운 반칙이라 해도 상대 선수가 쉽게 넘어진다. 다칠 위험을 줄이려고 엄격한 규칙을 정했겠다.

잘못된 추월은 사람의 목숨을 위협할 수도 있다. 나는 위험한 추월을 하지 않았었나 뒤돌아본다. 운전만이 아니라 사람 관계에서도 순서를 기다리며 양보를 했었는지.

가슴 조아리게 했던 그 운전사가 생각을 한 켜 키워 준 날이 되었다.

이런 이별

감자를 수확하는 날이다. YWCA에 적을 두고 봉사활동 하는 중학생들과 함께한다. 이른 시간부터 준비로 들떠 있었다.

한여름 땡볕 아래서 묵정밭을 일궜었다. 폭염을 못 견디겠다는 청소년들만큼이나 나도 힘들었다. 농기계의 힘을 빌릴 것을 후회도 했다. 하지만 딴엔 의도가 있었다. 그들의 소중한 체험을 위해 힘든 과정 속으로 자꾸만 디밀었다. 자갈을 줍고 풀을 뽑아내는 힘든 일을 아이들은 견뎌내고 그곳에다 감자를 심었다. 발갛게 상기된 아이들 얼굴을 바라보면서 미안한 마음도 숨겨야 했다.

토요일 오후엔 그들이 우리 집을 찾아왔다. 감자밭에 물을 주고 김매기와 씨름했다. 난 오랜 농사 경험으로 흙은 정직하다는 걸 안다. 씨앗을 심고 돌봐 주면 언제나 풍요를 안겨 주었다. 가끔 자연재해를 당하기도 하지만 그건 어쩔 수 없는 일이다. 게으르거나 관리에 소홀하지만 않으면 땅은 늘 노력에 보답해 준다.

그런데 왜 그리 불안했을까, 감자가 안 달려 주면 어쩌나 걱정하고, 자연재해가 없기를 기도하는 심정이었다. 몰래 땅을 헤집어 관찰하며 신경을 곤두세웠다. 심지어는 열매가 부실하면 우리 텃밭에 감자를 파다가 넣어 주거나 시장에서 사다 넣어 줄까 고민도 했다. 그런 조바심은 순진한 아이들에게 무리하게 땀을 쏟아내라 강요한 벌이다. 아이들에게 땅은 농부의 노력을 저버리지 않는다는 교육적 의미를 전해 줘야 한다는 강박관념에서였다.

소나기에 떠내려갈까 불안한 시간도 지나고, 태풍이 올까 봐 마음 졸이던 여름이 지나갔다. 녹음의 시절이 지나 잎이 이울기 시작할 무렵이 됐다. 초가을을 맞으며 풍요를 빌었다. 무서리가 내린다는 한로에도 마음 쓰이고, 첫서리가 내린다는 상강엔 뭐라도 덮어 주고 싶었다.

추위가 대지의 뼛속까지 스며들었을 소한이다. 내 불안한 기다림과는 달리 겨울방학을 손꼽아 기다리던 아이들이 YWCA 정간사와 밭으로 들어왔다. 뒤를 이어 생태와이 선생님들도 다 모였다.

겨울바람이 잠시 숨을 고르는 것일까, 삼한사온의 주기를 잘 택한 것일까, 감자밭엔 방긋 온기를 내려 주는 해가 떴다. 모두 팔을 걷어붙였다. 남학생은 삽을 질러 들어 올리고, 여학생은 누르스름한 줄기를 붙잡고 잡아당긴다. 청소년들 땀이 배었을 감자가 알알이 줄기에 매달려 밝은 빛에 드러난다. 그걸 바라보며 주먹이 들어갈 만큼 벌어진 입을 다물지 못한다.

핸드폰을 열어 인증 샷을 찍는다며 야단이다. 농촌 체험 닮게 모자를 거꾸로 쓰고 아이마다 손가락은 V를 그리며 감자 줄기를 최대한 얼굴 가까이로 가져갔다. 얼굴에 묻는 흙을 털어내기는 커녕 부러 슬며시 묻히는 얄궂은 녀석도 있다. 탄성이 풍요를 대신했다.

두엇을 데리고 주변에 콩 검불과 자잘한 나무 조각들을 모았다. 불을 지피고 감자를 집어넣었다. 매운 연기가 아이들 눈으로 코로 들고나지만 개의치 않는다. 연기를 피해 자리를 옮기면 더 따라다닌다는 신기한 자연의 이치도 받아들인다.

새까맣게 겉이 탄 감자가 아이들 손마다 들렸다. 타 버린 껍질을 조심스레 벗겨내는 신중한 손끝은 마치 소중한 물건이라도 다루는 것 같다. 땀 흘렸던 한여름 무더위를 생각하면 군감자 한 조각도 버리기 아까울 거라는 교육적 성과를 생각해 본다. 몸으로 배우며 깨친 체험이다. 자신들의 분신처럼 생각하며 씹고 삼키며 소중한 것을 알게 되었겠지.

아이들 몰래 손에다 검댕을 잔뜩 발랐다. 잘 익은 감자의 수분과 섞어 가며. 슬며시 다가가 입에 감자가 묻었다며 슬쩍 닦아줬다. 한 아이에게는 이마에 흙이 묻었다며 쓸어내렸다. 여학생에겐 볼이 예쁘다며 연지를 찍듯 흔적을 만들어 놓았다. 내 손이 거쳐 간 아이들 얼굴엔 검정색 무늬들이 새겨졌다.

군감자에 시선이 머물던 눈이 낙서 된 얼굴을 발견하고 웃기 시작한다. 심한 웃음으로 눈물까지 흘리는 녀석도 있다. 녀석들 눈이 반짝이더니 순식간에 감자밭은 각개전투장으로 변한다. 웃으며 도망가고, 도망가다 붙잡힌 얼굴은 도화지가 되었다. 종내는 못된(?) 짓을 시작한 나와 지도 교사들이 표적이 되었다. 수많은 아이에게 공격당한 내 얼굴도 끝내 검둥이가 되었다.

곳곳에서 우스꽝스러운 모습을 핸드폰에다 담는다. 그리곤 어디론가 보내며 웃는다. 답장을 받고 자지러진다.

감자를 담은 터질 듯한 검정 비닐이 아이들과 함께 차에 올랐다. 떠나는 손이 차창 밖에서 들어갈 줄 모른다. 이별은 슬픈 거라지만 이별 나름이다.

특허 신청서

딸과 함께하는 여행이다. 농자재 사업을 인수하기 위해 분주한 연말연시를 보냈다. 마침 농기계 박람회가 열린다는 안내문을 받고 정보를 얻을 겸 그리로 출발했다.

딸이 걸어가며 휴대폰을 두들긴다. 손가락이 기계처럼 빠르다. 검색창은 비행기, 지하철, 택시, 버스 가장 빠르고 저렴한 교통수단을 토해낸다. 이젠 난 뒷전으로 밀려난 기분이다. 뒤만 따라다니면 모든 게 일사불란하게 처리되었다. 내가 앞장서서 살았던 지나간 날들, 주변을 둘러볼 여유도 없던 시절이 엊그제 같은데….

사업을 인수하면서 전 주인은 내 명의로 인수하길 원했다. 서른한 살 아들과 스물여덟 살 딸의 나이에서 경륜이 없음을 염려했으리라. 그 의견을 뒤로하고 내가 나서서 둘을 공동 대표자로 사업자등록증을 받아 냈다. 분주히 움직이는 녀석들을 뒷짐 지고 바라보는데 믿음직하다. 뒷방 늙은이로 밀려난 기분이 들 만큼.

도시 숲을 지난다. 번화가를 달리는 택시에서 간판 하나가 눈을 사로잡았다. '오시 날개' 이름 한번 참 잘 지었다고 생각하는 사이 뒤로 밀려났다. 숫제 간판 조사 나온 사람처럼 재미 삼아 스치는 것들을 읽었다. 그러다 마음에 드는 걸 보면 빙그레 미소를 짓기도 했다.

이름에 목숨을 걸듯 짓고 개명하는 사람도 있다. 사업을 하면서 사명을 정함에도 거금을 주며 짓기도 한다. 기억하기 좋고 정감 가는 이름을 얻는 건 쉬운 일이 아니다. 생경함은 다른 회사와 구별이 되어 더 좋다는 건 당연함이다.

오랜 세월 연구한 스킨겸용 소독제와 그걸 만드는 원액 종균을 교육농장인 '감청마루' 명의로 특허청에 낼 신청서를 작성했다. 지식재산센터, 컨설턴트와 변리사가 유난히 '감청마루'란 이름에 관심을 가진다. 어원을 묻는가 하면 인터넷에서 검색해보며 동의어를 찾아본다. 부르는 어감이 친근감이 있고 다른 사명이나 상품으로 사용하는 것이 없으니 상표 등록할 것을 권했다.

상표 등록이 추가되니 세 건의 신청서를 만들게 되었다.

아내가 전통음식 교육농장을 지정받으며 온 가족이 머리를 맞대고 고민했다. 여러 날을 고민 끝에 감주甘酒와 조청造淸에서 한자씩 얻고 사람들이 모여 교육을 받는 장소를 뜻하는 마루를 더하여 만들었다. 이제 그 이름을 다른 사람이 사용할 수 없게 법적으로 보호받는다.

아내는 종갓집 딸이다. 장모님은 종가만이 아니라 인근 마을에도 알려질 만큼 전통음식에 대해 정평을 받던 분이다. 아내가 어렸을 때 어깨너머로 배운 솜씨만으로도 교육장 지정을 받을 만큼이니 아마 살아 계셨으면 TV에도 출연하지 않았을까.

결혼한 이듬해부터 제조업과 도매업 사업으로 분주했다. 회사 이름을 지을 준비도 되지 않은 초보 사장은 쉴 틈 없이 바빴다. 그냥, 대충, 깊게 생각도 하지 않고 내 이름과 아내 이름 속에서 한자씩 떼어내 '재경'이란 글자 뒤에 유통, 공예, 특산단지를 붙여 회사 이름을 만들었다. 복중에서 자라는 딸 태명도 재경으로 했다가 태어나자 그대로 호적에 등록했다.

'재경유통', '재경공예', '재경공예특산단지' 그리 부르기에 거북한 사명은 아닌지 사람들이 쉽게 기억해 줬다. 사업이 잘되자 이름은 수도 없이 쓰이고 불렸다. 관에서도 사업자들도 모범적인 회사라며 알아주는 곳이 되었다. 하지만 단 한 번도 이름이 좋다거나 등록한다고 생각해 보진 않았다. 고유하게 등록하면 좋겠다는 생각이 듦은 이제야 그 분야에 철이 드나 보다.

특허 신청하는 두 개의 품목에 이름을 넣는데도 여러 날 고민했다. 미생물 원액은 '탐라'로 정했다. 제주의 옛 이름을 지칭하지만, 발음상 '탐난다'를 은근히 강조함이다. 스킨겸용 소독제엔 감청마루에서 '마루'를 떼어내 적었다. 순우리말로 산꼭대기 높은 곳을 뜻하기도 하니 우뚝 알려지라는 뜻을 담았다.

1년 안팎이 소요된다는 특허가 받아들여질지는 모른다. 변리사가 "특허를 받을 확률이 매우 높습니다."라고 하지만 세상엔 변수가 많으니까. 이젠 특허 관련 신청 경험을 살려 그 분야에 꾸준히 도전하려고 한다. 그간 연구와 개발을 해 놓고 아까워서 세상에 알리지 않은 것도 여럿 있다. 다른 제조사가 만들어 팔고 있는 제품 중엔 단점들이 적잖이 보인다. 아주 간단한 공정하나, 또는 첨가로 해결되는 것도 있다.

이름을 붙여 이름값을 하게끔 하고 새로운 제품을 개발하는 것은 사회를 이롭게 하는 것이다. 기능을 추가하거나 편리하게 바꾸는 일도 보람된 일이라 생각한다. 특허, 실용신안, 의장, 상표 등록은 그래서 존재하는 것이겠다.

감청마루 상표와 두 개의 특허가 인정되기를 손꼽아 기다린다. 그걸 시작으로 내년에 낼 특허 신청서를 정리하느라 또 분주하다. 우리 아이들에게 선의의 도전장을 내고 뒤처지지 않겠다며 주먹을 불끈 쥐었다.

특허 분쟁

세균 배양 통을 들여다본다. 특수한 먹이를 주며 급히 배양을 끌어냈다. 전자현미경 속에 넣으면 수를 헤아릴 수 없을 만큼 고물거리는 녀석들을 오늘도 바라본다.

코로나19가 언제면 끝날까, 도교육청의 찾아가는 환경 교실, 조천읍사무소의 주민 대상 미생물 교육, 진로 교육센터의 미생물학자, 환경청으로 들어오는 미생물 교육, 교육농장 자체 교육 프로그램들을 다하면 연말까지 200회는 진행해야 할 것 같은데 자꾸만 취소되거나 연기되고 있다.

나를 두고 강사들은 교육프로그램 개발자라 한다. 등록되지 않은, 성공하지 못한 발명가라고도 말한다. 환경, 문예, 소방, 공예, 체험에서 수많은 교육프로그램을 만들어 실시해 왔다.

전자현미경을 조립하거나, 아토피에 도움이 되는 비누를 만들어 국가가 인증하는 KC 마크를 받았고, 아들이 초등학교 시절엔 학생 과학발명품 경진대회에서 '만능 자'를 출품하게 하여 수상도 했다. 수동분무기를 동력으로 바꿔놓거나 잘 돌아가는 멀쩡한 기계 속이 궁금하여 분해를 해 봐야 속이 후련했던 시절도 보냈다.

사업을 하면서 특허 분쟁에도 휘말렸다. 피를 말리는 싸움에서 물러서기도 했던 아픔도 겪었다. 그런 경험들이 특허에 대한 지식을 쌓을 수 있었다. 법학을 공부한 덕도 톡톡히 보았다.

교육을 의뢰받으면 독특한 나만의 창의적인 방법을 쓰려고 노력한다. 남들이 하는 유사한 교육프로그램은 따라 하지 않는다. 그건 애써 개발한 그 사람의 영역이기 때문이다. 발전이란 남의 지식을 빼앗는 것이 아니라 창의적인 내 것을 만드는 것에서 나온다.

올해 초, 교육청 환경교육 사업에 10여 명의 강사들은 교육프로그램을 작성하여 올렸다. 오랜 세월 그들만의 교육 노하우가 있다. L 선생의 '바나나 우유 만들기', 유아교육 전공을 살린 K 선생의 '숲속 유치원'은 창의력과 전문성이 돋보여 신선하다. 나는 미생물과 특수 비누로 10여 년을 강의해 왔다. 작년부터는 미모사를 더하여 네 개의 신청서를 일찍이 보내 놓고 결과를 기다렸다.

모든 강사가 올린 최종 교육프로그램을 정리한 내용과 각 학교에서 신청한 신청서를 담당자가 보내왔다. 그걸 받아들고 기분이 씁쓸했다. 모 선생이 '세균 아웃'이라는 내용으로 신청되어 있다. 그리 많지는 않지만 10여 개 학교가 모 선생에게 신청해 놓았다. 각 학교 선생님들은 제목만 보고 내가 하는 교육인 줄 알고 신청이 들어갔겠다. 작년엔 '아토피 비누'란 제목으로 내 교육을 따라 하더니 올해도 또 내 계획서를 보고 따라서 신청했나 보다.

과연 그가 내가 하는 것처럼 교육내용이 알찬지 모르겠지만, 전자현미경을 만들 수도 없을 테고, 미생물에 대한 전문성이나 전문가도 어려운 세균 배양은 어림없을 것이다. 이론상으로 이야기에 흥미만 더하여 교육이 이루어진다면, 내 교육 이미지마저 흐려 놓을 게 뻔하다. 내년부터는 강의를 포기해야 할 것 같다.

2인 1조로 움직이는 강사들 더러는 오해도 한다. 나는 동행하는 선생을 선택함에도 관련 전공을 공부하지 않은 강사는 함께 하지 않는다. 위생교육도 함께 이루어지므로 보건학을 전공한 L 선생과만 한 팀을 고집한다. 특히 10여 일 내외 강의를 받고 그 수료증으로 교육생 앞에 서는 것에 불만이 많다. 그 강사들 속엔 고졸도 있다. 대학 4년을 전공하며 공부한 사람과 같을까? 모 선생의 전공이 뭔지 궁금하다. 나는 전공과 함께 오랜 세월 연구하지 않은 분야의 교육을 의뢰받으면 그 분야를 전공한 강사에게 넘긴다.

선행 교육프로그램 개발자가 없는 다른 팀에서 하는 교육엔 개발자의 양해를 구하고 강의를 할 수도 있다. 지금처럼 한 팀을 이룬 곳에서 그러는 건 예의도 아니다. 프로그램 특허 침해나 다름없다. 서로 지켜 주어야 할 도의다. 내 경우 미생물 분야는 교육농장을 운영하는 사업체도 가졌다. 생업이 걸렸다는 말도 된다.

다른 이유도 더했지만 세 건의 특허를 신청해 놓았다. 20년을 투자해 온 정신적 고통과 개발비를 돈으로 환산할 수 없다. 뿐만이 아니다. 신청서를 작성하느라 수많은 날이 또 피를 말렸다. 지출되는 특허 비용도 천만 원에 가깝다.

지적재산인 특허나 선행 개발은 무엇이든 지켜줘야 하며 따라 하려고 하지 말아야 한다. 남의 두뇌를 훔치는 일, 그건 물건을 도둑질함보다 더 나쁜 행위다. 그래서일까, 특허권을 침해하면 그에 따른 모든 민 · 형사상의 책임을 져 손해배상 청구를 당하게 된다.

본의 아니게 남의 권리를 침해할 수도 있다.

뺨 한 대

건장한 사내 둘이 집으로 들어왔다. 깍듯한 인사가 예의 바른 청년들로 보인다. 우리 아들과 형님, 동생 하며 지내는 사이라고 자신들을 소개했다. 자연스럽게 아버님이라 부르는 붙임성도 기분을 좋게 한다. 아들과 아들의 친구 K를 찾는다. 전화 연락이 되지 않는다는 그들에게 아들과 통화로 문제를 해결했다.

마침 같이 있다는 두 사람을 불렀다. K는 부담 없이 오가는 사이다. 아내가 아들의 친구니 내 아들이나 다름없다며 안아줬더니 그 감동으로 떡을 보내온 마음 넉넉하고 선한 녀석이다.

둘이 도착하자마자 언성이 높아졌다. 어젯밤 술좌석에서 그들과 K 사이에 안 좋은 일이 있었나 보았다. 급기야 호되게 빰을 후려친다. 급히 중간에 끼어들었다. K의 빰엔 붉은 손자국이 선명하다. 치아도 손상되었다. 형님이라는 자들을 호통치고 쫓아냈다. 폭력은 어떤 경우든 옳지 못하다. K를 바라보니 안타까운 마음과 함께 가난이 만들어낸 기억들이 튀어나왔다.

열두 살에 도목수인 외삼촌을 따라다녔다. 힘겨운 노동이라 늘 배가 고팠다. 부모 · 형제를 향한 그리움이 더욱 허기지게 했을 것이다. 그 허기는 하얀 쌀밥에 고등어나 갈치구이로 올라온 반찬을 허겁지겁 먹게 했다. 보리밥에 신 김치로 끼니를 때우던 우리 집과 비교하면 수라상이건만, 배부르게 먹었는데도 허한 마음 가시지 않았다. 보리밥이지만 배가 든든했던 것과는 뭐가 다를까, 그건 그리움이 만든 허기였다.

다섯이나 되는 목수들의 허드렛일, 목재를 어깨에 메고 나르거나 손수레를 끌거나 현장 창고를 지키는 게 내 일이다. 목수가 하는 기술적인 일은 내게 없었다. 나보다 두어 살 많은 꼬마 목수들도 똑같다.

외삼촌이 도목수니, 곁에서 심부름할 땐 도면 보는 법을 어깨너머로 배워 보려 하지만 어림도 없었다. 삼촌은 과묵하고 거친 공사 현장의 도목수란 책임감으로 늘 긴장 속에 있는 것 같았다. 하지만 조카인 내게는 자상했다.

목수들도 도목수의 조카라는 이유로 아껴 주기도 했다. 어쩌다 일을 잘못하면 호되게 욕을 먹거나 매도 맞았다. 견뎌내야 훌륭한 목수가 되는 길이란 걸 알기에 참았다.

Y 목수가 앙증맞은 대패를 물려줬다. 열두 살 아이가 기다랗게 대팻밥을 뽑아 올릴 수는 없겠지만 유능한 목수가 되려면 연습도 하고 실전도 해 봐야 하지 않겠는가.

기회가 왔다. 외삼촌이 먹줄을 튕겨 표시한 부분까지 나무를 깎아보라 한다. 목수가 된 기분에 달떴다. 작은 대패지만 힘차게 당기면 넓적한 미역잎처럼 대팻밥이 뽑혀 나왔다. 신나게 당기다 보니 선명한 먹줄이 사라지는 걸 몰랐다. 얇게 올라오는 대팻밥에 정신이 팔리고 깎여 나가면서 뿜어내는 나무의 향에 취해 있었다.

고급 주택의 문으로 쓰일 귀한 나무다. 균일하게 맞춰야 하는데 너무 깎아 버린 나무는 쓸모가 없어져 버렸다. 외삼촌의 커다란 손바닥이 날아왔다. 별이 번쩍하더니 저만치 튕겨 나가 뒹굴었다. 다른 목수에게 매를 맞을 땐 맞은 자리가 아파서 울었지만, 그땐 뺨의 아픔보다 마음이 더 아팠다. 외삼촌은 내 편인 줄 알았던 기대가 산산이 부서져 버린 순간, 그것은 외로움이었다. 작고 야윈 손으로 뺨을 감싸고 창고 구석에서 흐느꼈다.

2년의 목수 생활을 정리하고 중학교엘 들어갔다. 가난으로 스스로 납부금을 해결해야 한다. 오랜 공백으로 동생 책을 뒤적이며 기초를 다지는 열의도 있었다. 하지만 납부금을 벌어야만 했기에 숙제를 할 시간도 빠듯했다.

밀린 납부금 때문에 담임선생님께 아침마다 뺨 한 대씩 맞아야 했다. 아이들이 보는 앞에서 맞아야 했던 아픔도, 부끄러움도 가난 때문이라며 자존심을 씹어 삼켜야만 했다.

숙제를 못 해 갔을 때 사회 선생님은 숙제해야 하는 학생으로서의 약속을 어겼으므로 매를 든다고 하셨다. 엎드려서 몽둥이로 맞았는데 그리 고마울 수 없었다. 뺨을 붉게 물들이던 손자국이 없는 체벌은 백 대라도 견딜 것 같았다. 자존심은 지키지 않았는가, 옷을 벗으면 몽둥이가 퍼런 멍을 만들었지만 그걸 보면서도 웃을 수 있었다.

자라면서 부모님이나 형, 스승님과 어른에게 매를 맞으며 지낸다. 사랑의 매라는 이름으로 그게 있어 잘못을 줄이며 성장했음을 인정한다. 하지만 자존심을 뭉개고, 사랑의 매가 아니었던 폭력도 있었다. 어리지만 어른이 된 후 회상해 보면 알 수 있는 미움이나 화풀이로 가해졌던 체벌들. 그걸 알기에 누군가의 뺨을 때려 본 적이 없다.

K에게 전활 걸었다. 폭력에 대해 증언을 해 줄 터이니, 아주 속상하거든 고소장을 넣으라 했다. 술에 취해 서로 실수를 했음을 알고 있건만, 나답지 않은 말을 하고 있었다.

뺨 한 대에 대한 마음의 상처가 그리도 깊었을까.

보고 싶은 얼굴

읍사무소 현관문을 막 나섰다. 코로나19로 마스크에 가려진 얼굴들이 들고 난다. 착용하지 않을 땐 벌금까지 물린다니 공공기관을 찾는 사람들은 소홀할 리가 없겠다.

누군가 선생님, 하고 부르는 소리에 뒤돌아섰다. 저예요, 하는 말에 내게 서예를 배웠던 학생이었거니 하는 감만 잡을 뿐이다. 자그마한 얼굴을 커다란 하얀 마스크로 가렸으니 알아볼 수 없다. 마스크를 벗어 보라 했다.

초등학교 때 서예로 사제 간 인연이 되더니 대학을 나와 도서관 서예실에서 다시 인연을 이어간 K가 아닌가, 갑자기 서예실에서 그림자를 거두어 버렸었다. 인사도 없이 사라져 버린 궁금함에 고개만 갸우뚱했었다. 우리 집과 200미터쯤 거리에 마주 보이는 녀석이 산다는 아파트만 바라보다 시선을 거두곤 했다.

잠시 보여준 얼굴은 다시 하얀 마스크로 가려졌다. 잔상으로 남은 얼굴이 연예인처럼 예뻐서 다시 보고 싶다는 속마음을 대신해 미소를 보냈다.

안부를 전하며 눈물을 보인다. 눈 그득히 만들어진 그것은 하얀 마스크를 적시고 있었다. 많은 사람이 드나드는 관공서 입구다. 사람들 시선도 아랑곳없이 K가 얼굴을 내 가슴에 기대고 운다. 내 손은 그의 어깨를 다독이고 있었지만, 다시 만난 기쁨에 가슴 뭉클하다.

그는 한 달 전, 공무원 시험에 합격하고 읍사무소로 발령받았다고 한다. 2년이란 긴 시간을 친구도 핸드폰도 젊음도 모두 책상 서랍 속에 쓸어 담아 버리고 책과 씨름했단다. 그간 안부를 드리지 못해 죄를 지은 기분이었다며 흘리는 눈물에 나도 울컥했다.

다시 서예도 시작하고 종종 뵙겠다며 눈물을 거뒀다. 꼬옥 안아주고 나서 차에 올랐다. 집으로 돌아오는 길에 20년 전 그 아이와의 인연이 솔솔 기억에서 되살아났다.

여자아이 둘이 서예실로 들어왔다. 연년생인 자매는 둘 다 영특한 아이로 알려져 있었다. 모든 것에 열심히 하던 자매는 서예도 다른 아이들보다 앞서나갔다. 자연스럽게 더욱 관심이 가게 되고 학생 서예 대회 출품도 도왔다.

모교 운영위원장을 하면서 학교를 수시로 드나들었다. 유난히 아이들을 좋아해서 귀여워해 준 덕을 늘 보았다. 멀리 있던 아이들도 달려와 안기거나 업히며 장난했다. K는 빙그레 미소 띤 얼굴로 대신했지만 예쁜 얼굴이 더욱 돋보이는 얌전한 아이였다.

교내발표회나 체육대회에서도 K의 모습은 흔하게 볼 수 있었다. 재능이 많기도 했지만, 당차고 예쁜 모습이 은연중에 선생님들 선택을 더 받았을 거로 생각했다. 잘하는 만큼 고집도 있었다.

사업으로 가끔 우체국을 통해 소포를 보냈다. 그날은 급하다는 물건 주문으로 아침 일찍 소포를 차에 싣고 우체국으로 갔다. 문이 열리기를 기다리며 조간신문을 펴고 읽고 있었다. 뒤에서 낯익은 외침이 들려왔다.

"빨리 인도로 올라와, 위험해"

소리를 따라 시선을 두니 K가 한길 가를 걷고 있다. 언니는 걱정이 되는 건지 계속 소리를 질러대지만, 잔뜩 심통 낸 얼굴로 가던 한길로만 걷는다. 결국 언니는 어쩔 줄 몰라 울어버렸다. 끼어들까 망설이다 저만치 멀어지는 아이들을 보면서 그만두었다. 일주도로 신작로라 하지만 시골이라 차량도 많지 않고 인도에서 가까운 곳을 걷고 있어 위험해 보이진 않았다. 그날 학교 서예실에서 K를 만나자 언니를 울린 사연을 물었다. 대답이 악동이다.

어제 방과 후에 친구들과 노느라 조금 늦게 집에 들어갔단다. 맞벌이하시는 부모님과 자매가 살았다. 부모님을 돕는다며 설거지나 청소 같은 소소한 일을 맡아서 하는지 할 일을 하지 않았다고 언니가 부모님께 고자질하여 핀잔을 들었단다. 그 복수를 했다고 한다.

어느 집이나 언니나 형, 오빠의 역할은 똑같다. 초등학교 등굣길, 학교에서 어린 동생을 잘 돌보라는 말은 나도 아들에게 종종 했었다. 오빠보다 세 살 어린 딸이 더 걱정됨은 당연한 것 아닌가. 아마 K는 그 점을 악용하여 복수했나 보다.

아들과 딸이 사업을 시작하는 시기에 겹쳐 코로나19가 시작되었다. 하루 수백 명의 거래처 사람들이 들고 나기에 감염의 위험을 걱정하지 않을 수 없었다. 구하기 어려운 마스크를 손에 넣기 위해 우체국을 종종 찾았다. 하얀 마스크를 손에 넣은 사람들이 미소를 머금고 돌아가는 걸 보면서 차례를 기다렸다.

우체국 앞길은 20년 전이나 지금이나 별로 달라진 것이 없다. 기다림이란 여유 속에서 그 길 위에 K 자매를 올려놓고 회상하는 재미가 쏠쏠했다.

이젠 K를 보려면 읍사무소를 찾으면 되겠다. 하얀 마스크로 가려졌지만 그려낼 수 있는 얼굴 아닌가. 사제의 정이 이처럼 돈독한 인연의 끈으로 행복하다며 미소 짓는다.

조금 전 본 녀석 얼굴인데 또 보고 싶다.

자연의 흐름대로

새벽이 열리자 언제나처럼 습관적으로 눈을 떴다. 냉수에 세안하고 조간을 집어 들었다. 가장 관심이 많은 곳은 오피니언 난이다. 오늘은 어느 문우의 글이 이 아침을 열어 줄까 궁금해서다.

존경하는 J 선생님 글이다. 사진을 바라보며 미소를 전하는 거로 인사를 대신했다. 읽어 내려가는 동안 언제나 참 좋은 글을 쓰시는 분이라는 감탄이 절로 나온다. 오늘 주제가 '마음의 시소'다. 읽다가 '석수는 돌이 원하는 상을 조각한다.'는 곳에서 눈이 멈췄다. 윤슬처럼 반짝이는 생각이 날 깨운다.

제주 관광산업이 한창 무르익던 때, 나도 그 대열에 뛰어들었다. 맨주먹으로 시작한 사업을 키워나가려니 전쟁이나 다름없다. 누가 산업전선이라는 말을 했을까, 딱 맞는 표현이다. 힘든 일과의 연속이다. 하루 두어 시간 잠자는 것 말고는 신제품 개발과 거래처 확보로 분주했다. 일 욕심으로 머리와 몸을 둘로 쪼개고 싶었을 정도다.

돌을 깎는다. 쒸잉 하는 소리가 고속절단기의 협박이라 생각하면 무섭다. 그 소리도 가슴으로 품어야 한다. 그래야 위험하고 힘든 작업을 이겨 낸다. 졸졸 흘러내리는 물은 힘차게 돌아가며 불꽃을 튕기는 다이아몬드 날을 식혀 줬다. 조금씩 직선이 곡선으로 모양을 바꾸며 아름다움을 연출할 때 힘든 작업의 강도가 다소 소리 없이 가라앉기도 한다.

그 작업이 끝나면 탁상 그라인더 위로 올려 시계 원판이 될 모양을 깎아 낸다. 건조된 현무암 판은 작업실로 들어가면 여성 직원들의 섬세한 손놀림으로 숫자가 넣어졌다. 정밀시계를 달고 째깍째깍 소리를 내며 그렇게 벽시계와 탁상시계로 탄생됐다. 우리 공장에서 매출 1위를 오랜 세월 지켜온 효자 상품이다.

제주 현무암 판을 활용한 시계를 만드는 데 구멍이 송송 뚫린 게 인기가 더 높다. 현무암의 특성을 잘 보여주기에 관광객의 눈길을 끄나 보았다. 오름, 한라산, 하루방, 정주석 같은 모양을 깎아 내는 게 가장 힘든 작업이다.

현무암 덩어리를 두께 1cm로 켜 달라고 석재사에 주문해 납품받는다. 돌에 따라 실금이 있거나 수억 년 전에 만들어질 때 미세하게 흙도 스며든다. 그런 부분은 피해가야 한다. 불량품이 생산되기 때문이다. 내 뜻대로가 아닌 자연이 만들어 놓은 형태에 따라 순응해야 함이다. 자칫 잘못 다루면 강하지 못한 현무암의 특성상 깨어져 버린다. 무늬와 구멍을 잘 파악하여 깎아야 예술작품으로 승화돼 비로소 제주 현무암 돌 시계가 탄생하는 거다.

처음엔 내 뜻대로 모양을 깎으려 고집했다. 절단기를 선택함도 내 뜻이요, 속도를 높여 대량생산을 해야 하는 것 또한 사장인 내 명령에 따랐다. 돌은 내가 돈을 주고 사 온 재료일 뿐이라고 생각했다.

돌은 그런 나를 용납하지 않았다. 작업 도중에 깨어지거나 완성품이 되어 진열대에 올랐다가 실금이 발견되어 반품이란 오명을 안겨주곤 했다. 자연을 거스른 대가다.

고집을 내려놓았다. 돌이 원하는 결을 따라갔다. 그제야 돌도 나를 받아들였는지 더는 불량품이 나오질 않았다.

돌을 다루면서 얻은 걸 삶에 적용했다. 세상의 이치를 따름이다. 고집으로 누굴 이기려고 하는 건 억지다. 내 이익만 생각하고 폭리를 취하면 그도 곧 드러나고 만다.

칼럼을 한 번 더 찬찬히 읽었다. 보이지 않던 가르침이 나타나고, 그분의 삶도 살핀다. 그게 친분을 유지할 수 있는 또 하나의 관심이다.

사람과의 관계나 사업을 위한 일, 글쓰기도 다름이 없다. 자연스럽게 그 흐름대로 따라가면서 세심한 정성이 깃들 때 남과 다른 평도 할 수 있을 것이다. 그걸 알면서도 겉만 보고 지나치는 우리의 삶이 아니던가, 조금 더 섬세하게 살고자 노력을 기울여야 하겠다.

20세기를 대표한다는 피카소가 모든 사물을 섬세하게 바라보지 않았다면 대화가가 되지 못했을 것이다.

달거리

5학년 아이들과 수업 중이다. 모 단체에서 여는 백일장에 참가를 앞두고 시와 산문부로 나눠 지도하고 있었다. 모두 상을 받기 위한 욕심으로 가득하다. 책상에 백지를 펴고 사각사각 연필심 닳는 소리와, 틀린 곳을 지우개로 문지르는 동작만 보인다.

숨소리도 잦아든 적막이 흐르는 교실, 평소와는 다른 아이들을 바라보며 미소를 흘렸다. 시를 쓰던 M이 갑자기 벌떡 일어선다.

"선생님, 화장실 다녀오겠습니다."

수업 시간이다. 특히 오늘의 이 분위기하고는 영 맞지 않는 요구 아닌가, 수업 분위기를 흩트려 놓았다는 괘씸죄에 '쉬는 시간은 뭘 했기에….' 라는 불만족이 심기를 불편하게 했다.

"수업 끝나거든 쉬는 시간에 다녀와"

내 말이 다 떨어지기도 전이다. M과 가장 친하게 지낸다는 K가 정색하고 말한다. 항의적인 어투다.

"쌤, 지금 보내줘요. 빨리요"

아차 했다. 이성의 특성을 어느 정도 안다고 생각했는데, 역시 난 남자일 수밖에. 어서 다녀오라는 말투에 미안함을 넣어 보지만 그 아이가 잠시나마 겪었을 갈등에 비하랴. 그런 내막을 모를 수밖에 없는 나와 같은 사내놈인 J가 손을 번쩍 든다.

"선생님, 저도 화장실 다녀오겠습니다."

M에게 미안함과 내 부족함을 탓하듯 녀석에게로 가 꿀밤 한 대 때리며 "넌 안돼."하곤 눌러 앉혔다. 쉬는 시간이 되자 남자아이들이 몰려와 여자애들만 편애한다는 불만의 소리를 들어야 했다. 난감하다. 사실을 말할 수도 없으니.

수업이 끝나고 일지를 작성하는데 M이 부끄러운 듯 교실로 들어섰다. 입꼬리를 올려 환하게 미소를 보내주었다. M도 배시시 웃는다.

카톡이 연거푸 두 번 울렸다. 급한 사연인 것 같아 얼른 열어 보니 딸이다. 집으로 오는 길에 생리대를 사 오라는 부탁 아닌 명령(?)이다. 두 번째 카톡엔 애용하는 회사 이름과 사이즈를 담은 사진이다. 익숙한 일이다. 알았다는 답장 끄트머리에 웃음 표시를 넣고 보냈다.

오래전이다. 딸이 중학교 때 달거리를 시작했다. 아내가 운전하지 않으므로 자연스럽게 강의를 나갔다 들어오는 길에 식자재를 사 오곤 했다. 그날은 아내가 심각한 음성으로 전화를 걸어왔다. "아이 생리대가 필요한데 마트가 멀어 사러 다녀올 수도 없고, 제일 작은 거로 하나 사 오실 수 있어요?" 대답을 머뭇거리다 그러마 하고 전화를 끊었다.

마트에 들러 찾아다녔지만 생소한 거라 찾을 수 없었다. 여직원에게 기어들어 가는 목소리로 물었더니 사정을 짐작했는지 아이 체중을 묻고는 카트에 담아 줬다. 얼굴이 화끈 달아올랐었다. 그렇게 시작된 생리대 심부름이 이젠 익숙해졌다.

마트에서 능숙하게 맞는 걸 찾아 카트에 넣었다. 거기다 철분이 많이 들었다는 딸이 좋아할 순대도 하나 집어넣고 우유도 넉넉히 담았다. 그런 아빠가 좋은지 스물다섯 살을 넘긴 딸이 품으로 안겨 옴은 물론 내가 필요할 것 같은 걸 척척 준비해 둔다.

지도받는 아이들에게 할아버지뻘 되는 나이다. 요즘은 4~5학년 아이들도 달거리를 하는 일이 많으므로 눈치껏 배려해야 한다는 말을 딸에게 들었었다. 자칫 그런 일로 흉이 보이거나 아이들에게 피해가 가지 않을까 했던 딸의 걱정을 깜박했던 하루였다. 확실하게 경험했으니 이젠 그런 실수는 없을 것이다.

순대를 먹으면서 오늘 있었던 실수를 아내와 딸에게 말했다. 아낸 그만하길 다행이라며 웃는다. 딸은 역시 우리 아빠가 최고라는 칭찬으로 힘을 실어 준다.

다음 수업 시간이 기다려진다.

밥

겨울비가 내리는 일요일이다. 강한 바람에 우산을 들기도 힘들어 길을 걷기도 쉽지 않다. 칙칙하여 나들이가 울울하다.

오랜만에 후배 H와 마주쳤다. 한동네에서 자랐다. 그때는 집마다 대식구가 살았다. 요즘은 1인 가구도 많다는데 그의 어머니도 홀로 산다. 그도 부인과 헤어지고 혼자되었다. 아들이 그리 사는 걸 그의 어머니는 늘 가슴에 돌덩이를 얹어 놓은 것 같다는 하소연을 들어왔다.

자식이 홀로 되어 궁상맞게 사는 것을 보는 어머니 마음이 오죽할까, 풀잎 끝에 내린 이슬이 금세 떨어질 듯한 모습처럼 위태하게 비칠 것이다. 더욱이 그는 몸이 허약한 편이다. 같이 살기라도 하면 먹을 걸 자주 챙겨주기라도 할 터인데 아들이 그도 반기지 않는다고 했다.

잘되었다. 밥이라도 먹으며 어머니 마음을 전하는 게 이웃 선배로서의 도리다. 인근에 보이는 식당을 가리키며 점심이나 같이하자고 등을 떠밀었다. 머뭇거리며 마지못해 따르는 것 같았지만 점심 전이라는 말에 그를 데리고 들어갔다.

밥은 잘 챙겨 먹고 있느냐고 물었다. 집에서는 거의 먹지 않는단다. 아침은 그냥 넘기고 점심은 회사에서 먹고, 저녁은 직원들과 회식을 하거나 바로 퇴근하는 날엔 빵과 우유, 김밥 같은 간편식으로 때운다고. 가끔 통닭을 사 들고 들어가 혼술로 소주 한잔할 때도 있다며 웃는다.

집에서 요리해 본 적이 언제인지 기억도 없다니 기가 막힌다. 가장 곤혹스러운 것이 혼자 산다는 이유로 김치나 밑반찬을 나눠 건네는 사람이란다. 마음이 고마워서 받기는 하지만, 결국 여러 날 전기만 축내고 작은 냉장고를 차지했다가 돈 들여 버리게 된다고 한다.

나는 시장기가 몰려오면 허겁지겁 먹을 걸 찾아 배를 채운다. 가끔 먹고 싶어서 계란 후라이를 직접 하기도 하고 간식도 넉넉히 만들어 아이들에게 건네기도 한다. 먹는 즐거움을 아는 난 그의 말에 이해가 가질 않았다.

어머니가 합쳐서 살았으면 하더라는 말에 기겁하며 손사래 친다. 그러면서 이혼한 아내와의 이야기를 먼저 꺼냈다. 그는 먹을 것을 즐기지 않는 사람인데 아내는 반대였다. 먹고 싶지 않은데도 외식을 가야 하고, 아침도 먹기 싫은데 억지로 먹어야 했다. 먹는 것 때문에 사사건건 잔소리가 많아지며 스트레스가 쌓이면서 삶의 의욕마저 잃어 갔다. 아이들도 엄마 닮아서 먹는 걸 좋아하는데 혼자만 외톨이가 된 기분으로 살았다며.

여러 가지 다른 이유도 있어 이혼하게 되었는데 하늘을 날아갈 것 같았더란다. 먹고 싶지 않은 걸 먹지 않아도 되는 자유, 넌덜머리 나게 듣는 복 떨어지게 음식을 깨작거린다는 말을 듣지 않게 되었을 때의 그 기분. 결혼 전까지 어머니도 아내와 별반 다르지 않았다며 그 지옥엘 다시 들어가란 말이냐는 거다.

그의 말에 따르면 오늘도 아침을 먹지 않았을 거다. 그런데 점심으로 먹고 있는 밥이 반쯤 덜어낸 후론 축나질 않는다. 난 어느새 다 비워냈는데….

사람에 따라 취미가 다르듯 먹을 것도 다를 거라는 걸 인정은 한다. 하지만 먹을 것은 생명을 유지하기 위해 본능으로 섭취한다. 그걸 넘어 식도락을 즐기는 게 보통 사람들이 갖는 낙이다.

그의 어머니에게 그를 만나 함께 살자는 의향을 물어보았다는 말도 꺼내지 못하겠다. 헤어지면서 그는 밥 잘 먹었다는 인사도 없었다. 먹을 걸 중요하게 생각지 않는 사람 같다고 이해는

했지만 뭔가 좀 서운하다.

반대편으로 걸어가는 그를 바라본다. 호리호리한 몸매가 겨울 바람에 꺾일 듯 위태해 보인다. 저런 모습을 보며 어머니는 얼마나 속이 상할까.

하긴 요즘 살과의 전쟁이라지 않는가, 비만한 사람은 그가 부럽겠다. 든든하게 배를 채운 내 배를 바라보며 그를 부러워해야 한다고 실없이 웃어 본다.

주변 간판을 둘러보면 열에 서넛은 음식점이다. 한식, 일식, 중식, 양식. 그뿐인가. 빵집과 통닭집, 분식집과 카페를 더하면 먹을 게 널린 기분이다. '밥심으로 산다.'는 말이 있듯이 먹을 게 부실하면 건강을 잃는다. 과하여 비만도 걱정이지만 반대인 사람도 적지 않은 요즘이다. 어릴 적 밥상이 어른거린다.

커다란 양푼에 김이 폴폴 오르는 보리밥이 상 한가운데 놓인다. 반찬은 김치 하나가 두 곳에 올려지고, 나물국 사발을 앞에 놓고 여섯 아이 숟가락이 오갔다. 빨리 먹지 않으면 손해란 생각이 앞섰다.

격세지감이다.

백서향과 회초리

봄비에 촉촉이 젖은 길을 달린다. '생태와이'는 제주도에서 오랜 전통을 가진 환경교육자 단체다. 20주년을 앞두었다. B 회장님과 회원들이 차 두 대에 나눠 타고 곶자왈을 향해 달렸다. 백서향을 찾아간다.

길 어깨엔 이르게 피어난 유채꽃이 노란색을 뽐낼 거라며 꽃대를 한껏 밀어 올리고 있었다. 가끔 흰색 꽃을 피울 순무의 꽃대도 섞였다. 차창으로 스미는 봄볕이 따스하다. 수런수런, 겨우내 움츠렸던 어깰 펴는 우스갯소리가 정겹다.

곶자왈 안으로 들어섰다. 거리와는 다른 싸한 기운이 감돈다.

숲속은 아직도 남아 있는 겨울의 한기를 품고 있었다. 백서향 향기를 찾아볼 양이지만 그걸 만날 수 있을지 모른다.

행여 하는 눈들이 숲속을 두리번거렸다. 길섶에 잘 다듬어진 지팡이 하나가 눈에 들어와 얼른 집어 들었다. 누가 짚다가 버린 걸까, 집게손가락 굵기의 서어나무를 잘라 만들었다. 옅은 밤색이 윤노리나무와 흡사하다. 문득 떠오르는 중학교 시절 선생님의 회초리가 떠오른다.

2학년 2학기가 시작되었다. 학교생활은 즐거움보다 균등하지 못한 생활에 주눅이 들 때가 많다. 납부금이 두 번이나 밀려있다. 돈이 없어 보충수업 수강은 엄두도 못 냈다. 홀로 도서관에서 종례시간을 기다리면서 책만 읽었다. 아이들의 글 읽는 소리가 부러워 외면하려 하면 할수록 더 크게 다가왔다.

종례시간이다. 담임선생님의 특이한 걸음 소리에 떠들던 아이들이 제자리를 찾아 궁둥이를 붙인다. 청소 상태를 둘러보시고, 잊지 말아야 할 숙제와 주의 사항을 전한다. 평소와는 다르게 선생님 얼굴이 굳어 있는 것 같아 가슴이 덜컥한다. 윤노리나무 회초리 방향이 아래를 향한 게 아니다. 어깨에 걸쳐져 있는 건 체벌이 있음을 뜻한다. 불안하다.

나와 또 다른 둘의 이름이 호명되었다. 앞으로 나가는 걸음이 주춤거린다. 도살장으로 끌려가는 소가 그럴까, 엉덩이와 허벅지가 매를 맞기도 전에 파르르 떤다.

앉아 있는 아이들도, 불려 나가는 우리도 이유를 다 안다. 명령도 내리지 않았는데 우린 스스로 엎드렸다. 옆 아이에게 가해지는 매질 소리에 심장이 떨리고 힘 빠지는 팔을 달래며 버텼다. 매는 먼저 맞는 게 좋다는 걸 새삼 느낀다.

내 차례엔 더욱 세게 더 많이 내려치는 회초리에 몸을 가누지 못하고 뒹굴었다. 그래서 더 맞아야 했다. 매도 공정치 못하다고 생각하는 것은 나 혼자다. 난 납부금을 두 번이나 밀렸으니 다른 두 명의 아이보다 더 맞아야 하는 건 당연한 거지만 너무 아파서 부리는 억지였다.

'내 잘못이 아니다. 돈이 잘못했다. 가난한 아버지를 두었을 뿐이다. 세상이 불공평한 거다.'

맞을 때마다 그런 핑계를 속으로 뇌까리며 견뎠다. 회초리가 낸 매 자국은 붉게 핏발이 섰다 꺼멓게 변해 갔다. 집에서는 그걸 또 감추어야 한다. 그렇게 회초리와 함께했던 날은 그래도 잘 버티며 흘러갔다.

청소 시간이었다. 담임선생님 부름에 교무실로 갔더니 교장실로 가 보라 한다. 어떤 체벌이 내려질까, 두려움 속에 열려 있는 교장실 문을 노크했다. 엄한 얼굴로 바라보시더니 출입문 앞에 무릎 꿇고 손을 들어 벌서라 한다.

1학년 후배들이 청소하러 들고 나간다. 복도를 오가는 아이들 힐긋힐긋 쳐다보는 시선들, 마음으로 맞는 매가 윤노리나무 회초리보다 더 아팠다. 결국 자퇴하고 말았다.

우리가 자랄 땐 회초리는 누구에게나 익숙했다. 공부를 게을리하지 않게 하고, 잘못된 행동을 바로 잡아 주었다. 나에겐 공부를 중단하고 자퇴하게 했지만….

초등학교 교장 선생님을 지낸 B 회장님이 다가왔다. 옛날을 회상했노라며 그 사연을 말했다.

"그땐 그랬었지요. 교사들도 교장 선생님과 교육청에서 독촉해대니 어쩔 수 없었을 겁니다. 선생질했던 내가 다 미안해지네요."

그걸 모르지 않는다. 가난했던 시절이었다고 하는 수밖에. 그런 회초리가 늘 내 마음에 남아 있어 내가 이만큼 성장했으리라. 더 큰 꿈을 이루지 못한 건 내 탓이다.

앞서가던 일행이 소리 지른다. 우리가 찾아 헤매던 백서향 냄새를 맡았나 보다. 운 좋게 짙은 백서향 향을 몸 안으로 들이게 되었다.

악서에서 잘못됨을 배울 수 있다면 양서를 읽은 것만큼 좋은 것 아닐까, 회초리도 아프지만 받아들이기 나름이다. 마음이 못된 이웃도 있어야 바른 삶과 비교하며 배운다.

긍정의 힘으로 이겨 내면 희망은 늘 앞에 놓여 있다.

6부

참 좋은 사람

의심

수박과 참외를 심었던 곳을 정리해야 한다. 그 그루터기에 배추를 심을 생각이다. 흙을 덮었던 비닐을 걷어 내기 위해 쇠스랑을 찾았다. 없다. 농기구를 넣어 두는 창고, 버섯 하우스, 자연건조장, 장작을 쌓은 집, 텃밭을 돌며 몇 차례 빙빙 둘러보지만, 눈에 띄질 않는다.

누가 집어 갔을 거라며 의심을 하기 시작했다. 새로 장만한 도끼도 그렇게 사라졌음을 떠올리며 남을 탓하기 시작했다. 탐정이면 이렇게 머리를 굴릴까.

그제 한길에서 공사하던 남자가 들어왔던 걸 뇌가 기억해 낸다. '감청마루'라는 간판을 보고 궁금해서 들어왔다는 그를 제1의 용의자로 지목했다. 심지어는 이웃 밭 후배까지 용의자 대상에 올렸다. 탐정 놀이만 할 일이 아니다. 우선 비닐을 처리해야 한다.

호미로 힘겹게 처리했다. 쓰기 알맞은 농기구가 없을 때 몸이 힘듦은 몇 배가 가중된다. 힘든 몸이 짜증을 불러오기 일쑤다. 게다가 의심이 내 생각을 황폐하게 하기 시작한다.

비닐을 겨우 처리하고 나서 밭을 갈아엎을 준비를 했다. 콩을 수확하고 난 콩깍지를 넣으면 땅이 비옥해진다. 자루를 펼쳐 그 위로 얹었다. 그 일도 쇠스랑이 절실하다. 내 손의 열 배나 됨직한 기능을 떠올리니 더욱 화가 치민다.

밑바닥에 남은 콩깍지를 담는데 웬 둔탁한 게 손에 집혔다. 이런, 쑥 하게 올라온 게 쇠스랑이다. 허탈하다. 내 잘못으로 그 속에 들어갔을 터인데 남 탓만 했으니 부끄러운 일 아닌가. 일을 다 하고 나서야 나타난 녀석을 원망하는 마음은 또 뭐란 말인가.

쇠스랑은 앞에 놓인 물건을 끄당겨 모으거나 자루에 담는 데 사용하는 농기구다. 거름을 내어 신기도 하고, 땅을 파는 데도 요긴해 쓸모가 많다.

남 탓만 했던 게 멋쩍고 부끄럽다.

소통 부재

피를 말리는 날들의 연속이다. 헛것이나 도깨비를 쫓아 두 달을 허비한 기분이었다. '내가 세상을 잘못 살았던가, 아니면 이 사회가 원래 이런 세상이었나'

중국 우한에서 시작된 코로나19가 빠르게 확산한다. 2009년 신종인플루엔자가 한창일 때 인천으로 올라가 움츠러드는 마음을 추스르며 활동했지만 살벌하다고 생각해 보진 않았다.

신종인플루엔자의 경험은 늘 그런 사태에 대비하자는 생각이 마음속에 움트게 했다. 미생물을 공부하고 활용하다 보니 그 힘이 무섭다는 생각이 늘 나를 지배해 왔다. 사람의 힘만으론 그들을 당하지 못하기에 아군이 될 미생물을 활용해야 한다며 관심을 두어 온 것이다.

다행이다. 사스 땐 우리나라와는 큰 관련이 없는 것처럼 가벼이 지나갔다. 메르스도 제주도를 비껴가며 청정 제주임을 확인하는 듯했다.

코로나19, 이번엔 다르다. 대구와 경북을 제2의 우한으로 만들더니 인구 비례로 볼 때 세계 최고 감염확진자 수치로 올려놓았다.

1월 초부터 혹시 모를 사태를 위한 준비를 차근차근 하면서 왠지 불안했다. 대처에 늑장인 정부와 태평한 모습, 정쟁에 혈안인 정치인들의 관심은 총선에만 집중된 느낌이다.

우한이 초토화되었는데 우린 그러지 않으리라는 생각은 방심이다. 아니나 다를까, 코로나19가 한국으로 잠입하기 시작했다. 다행히 우한처럼 급속히 퍼지지는 않는다. 하지만 이번엔 다를 거라는 생각이 자꾸만 불안을 키워 갔다.

문득 올해 조천읍사무소에서 주민참여 예산 600만 원을 지원받아 주민에게 미생물 교육을 하기로 확정된 것이 떠올랐다. 마침 미생물 교육을 하러 가는 날 조금 일찍 서둘러 집을 나섰다.

읍장을 만났다. 교육을 앞당겨 시행하자며 몇 가지 손소독용으로 사용할 견본품도 건넸다. 읍장은 후배이며 다른 동사무소 동장으로 있을 때 몇 차례 미생물 교육을 했었기에 통하리라 생각했다. 이 시기에 교육을 하면 효과가 좋을 것이라며 권했지만 위에서 모든 교육이나 모임을 가급적 금하라는 지시가 있었다며 난감해했다. 뜻밖이었다.

그대로 있을 수 없다는 생각이 고개를 쳐들었다. 손소독제 원료인 에탄올이 떨어질 앞날을 위해 대처할 것을 찾아 최적의 살균력을 찾기 위해 잠을 잊고 현미경을 들여다보았다. 꼬물대는 세균들이 바르르 떨며 사멸되는 걸 여러 차례 확인하고 종균 생산에 들어갔다.

한 달 만에 전 국민이 사용할 수 있을 정도의 종균 준비를 끝냈다. 이제 통을 준비하고 대량으로 배양만 하면 된다. 모든 노하우를 무상으로 제공하여 국익에 도움을 주자 결심했다. 우선 주변부터 챙기기 시작했다.

이제 막 사업을 시작한 내 아이들에게도 어려울 때일수록 좋은 일에 동참하길 명했다. 재료와 병을 사주자 휴대용 손소독제를 만들었다. 아이들 농자재에 오는 사람들에게 무료로 나눠주고 지인들에게도 나눠주기 시작했다. 더러는 바다 건너 친인척에게 택배로 보냈다.

신천지 교회 신도들에 의해 코로나19는 급속히 번지기 시작했다. 사태는 점점 더 나빠진다. 마스크와 소독제가 모자란다 아우성이다. 못된 상술도 고개를 내민다. 시간이 흐를수록 바이러스 감염자는 늘어나고 모자란 소독제 주원료인 에탄올은 동이 날 것이다. 살균력이 떨어지는 함량 미달인 제품과 유사 제품, 독성 강한 메탄올 소독제도 나돌 것이다.

잘못된 정보도 수없이 방송을 탄다. 물고길 잡으려면 어부가 필요한데 그 방법에 능숙한 어부가 없다. 다른 분야 박사라는 사람들이 그 자릴 대신하고 있으니 한심하기만 하다.

방송국 국장인 법학과 학우의 인연을 떠올렸다. 내 딴엔 특종하나 만들어 주면 좋아할 거라는 자만도 했다. MBC 방송사를 연결하여 잘못된 정보를 알리자 했다. 하지만 며칠이 흘러도 대답이 없다.

도청 비서실로 도지사에게 올리는 글을 보냈지만, 그도 답이 없다. 교육감 비서실에도 10여 년을 하고 있는 미생물 강의를 앞당겨서 하자는 의견을 제시했지만, 답이 없다.

모 국회의원 사무실에 연결하게끔 여러 번 시도했지만, 그도 답이 없다. 겨우 연락이 닿아 집에 왔지만 바쁘다며 다음 주에 다시 온다는 말과 함께 가버렸다. 2주가 지나도 감감무소식이다.

맥없이 하루 두 번 재난방제대책본부에서 발표하는 수치를 바라보며 확진자 수만 쳐다보았다. 그러다 제주재난안전대책본부장에게 전화가 연결되었다. 그는 감염학 분야 외는 모른다며 전화를 끊는다.

코로나가 병을 키운 걸까, 부정맥이 짚이더니 점점 더 심해진다. 한의원을 경유해 병원을 찾아 심전도 검사를 위해 병실에 누웠다. 저놈이 잡히면 이것도 사라질 거라는 생각을 해 보지만 방법이 묘연하다.

도지사 비서실로 두 번 더 타진했지만, 결과도 알려 오지 않는다. 소통이 이리도 어려운 걸까, 그간 정치엔 관심을 덜 뒀던 내가 어리석음일까, 소통 부재가 아닌 소통 무시를 당한 기분이다.

아직은 비교적 안전지대인 제주도에서 생산하여 하루 300만 병 정도를 전국으로 뿌릴 수 있을 거라는 계획과 준비한 원액만 덩그러니 빈터를 지키고 있다. 시간이 아깝다. 국민에게 전자현미경을 통해 세균이 사멸되는 과정을 보여 주며 바른 정보를 주려 했던 봉사 생각이 무력하다 못해 화가 난다.

차라리 남들처럼 돈을 벌고자 사업으로 갔으면 좋았을지 모른다. 내 것 다 내어놓으려고 바보짓을 하는 난 바보 중의 상 바보라며 자책하니 허탈하다.

강연했던 인연을 핑계로 KBS로 전화를 걸었다. 광주에서 왔다는 기자는 소통이 더 어려웠다. 미생물에 관한 지식이 전무하다. 기대를 접었다.

미생물학자 강의를 위한 의논 겸 진로교육센터에 들렀다가 K센터장께 지나온 이야기를 했다. K는 내가 만든 미생물스킨겸용 소독제로 피부염인 지병이 사라진 경험이 있다. 특허를 받으라고 권한다. 그러면서 지식재산센터를 소개해 줬다.

변리사를 소개받고 그에게 보낼 자료를 정리했다. 자료 검토만도 며칠이 소요되리라고 생각했다. 오전에 보내 놓고 늦은 오후에 변리사로부터 전화가 걸려왔다. 이런 훌륭한 자료를 받아 본 적이 없다며 존경한다는 말까지 한다. 소통 부재로 큰 기대를 하지 않았던 두 달, 그 지난날이 사르르 녹아내리는 것 같았다.

내일부터는 특허 신청서 작성을 위해 소통이 잘되었으면 좋겠다.

삥 뜯는 사람들

우유를 사러 마트로 들어갔다. 잘 정돈된 진열대엔 갖가지 상품이 주인을 기다리고 있었다. 보리쌀도 한자릴 차지하고 있다. 보릿값과 도정비용, 물류비와 마트의 마진을 계산해 보면 가격이 생각보다 많이 저렴하다. 잘 익은 보리밥을 상추에 싸서 입안 가득 넣고 먹고 싶은 마음을 누르며 돌아왔다.

정미소에서 전화가 걸려왔다. 맡겨 놓은 보리를 도정했으니 가져가라 한다. 그러잖아도 기다렸던 참이다. 한달음에 15km 길을 달려갔다.

40kg 한 포대를 도정해 달라고 맡기면 32kg 정도의 보리쌀이

나온다. 그 정미소와는 수십 년 단골로 인연을 맺어 왔다. 지금은 구순이 되었음직한 영감님이 운영하던 시절부터 그의 아들들이 물려받고도 10여 년을 웃는 얼굴로 인사를 나눴다. 때론 농사지은 수박도 한 통 들고 가 건네고 마트에서 과일을 사고 갈 때는 두어 개 건네기도 했다.

30kg이 넘은 걸 들고 차에 올리려면 제법 무겁다. 며칠 전 오른손이 삐끗하더니 통증이 심해 쓸 수 없다. 왼손으로만은 어림없을 것 같지만 힘주어 들어 올려 봤다. 웬걸 생각보다 가볍다. 내 왼손 힘이 오른손을 다친 사이 그 세 세졌나? 그런 생각 속에 뭔가 허전한 느낌이 가슴 한쪽에 자리 잡는다.

집으로 돌아와 무게를 달아 보았다. 25kg을 조금 넘긴다. 예상대로다. 허탈한 가슴을 쓸어내려야 했다. 확인하지나 말 것을….

한 포대 도정비로 일만 오천 원이나 받았는데, 그런 짓을 한 정미소에 불만을 가져보지만 칼자루를 쥔 사람이 그다. 마을마다 있던 정미소가 하나씩 사라지더니 도정을 해 주는 정미소가 그곳밖에 남지 않았다. 다시 도정을 부탁하려니 불만을 대놓고 말할 수도 없다. 냉가슴만 탄다. 난 그에게 삥 뜯긴 기분이다. 오랜만에 느끼는 더러운 기분이 지난날을 떠올리게 한다.

삥 뜯다. 아이들이 종종 사용하는 은어다. 힘 있는 아이가 약자에게서 돈을 빼앗거나 스스로 내놓게 한다는 뜻이다. 아들이 초등학교 시절에 그랬었다.

운영위원장을 맡아서 분주했다. 축구대회, 과학경진대회, 서예 휘호 전 등 학교의 외부 행사 때마다 차를 동원했다. 아이들을 싣고서 대회장마다 찾아다니고 맛있는 간식을 사주며 사기를 북돋웠다.

하루는 아들이 주저하다가 고백한다. 선배가 돈을 가져오라 한다고. 몇 번은 줬지만, 너무 자주 요구를 해서 사실을 털어놓는 거란다. 아들이 축구를 좋아하는 걸 약점 삼았다. 돈을 가져오지 않으면 축구를 못 하게 하겠다고 협박했다는 것이다. 그는 6학년으로 축구부의 주장을 맡고 있었기에 4학년인 아들은 그의 말을 따라야 했다.

화가 났다. 지금껏 축구부를 위해 나름 도움을 주노라 힘썼고, 그 아이를 좋게 보아 정성을 쏟은 게 억울하다는 생각마저 들었다. 체육 담당 선생님께 말씀을 드릴까 망설이다 그만두었다. 선생님들이 많이 난처해 할 것 같아서다. 그 아일 만나서 타이르고 덮었다.

아무리 생각이 모자란 어린아이라고 해도 기본적인 고마움은 알아야 하지 않을까, 귀여워해 주고 맛있는 걸 자주 사주는 좋은 사람이란 걸 나쁘게 이용했다. 인간으로서 가져야 할 기본적인 도덕성이 없다며 홀로 삭였다.

정미소도 그간 쌓은 정을 생각하면 그러지 말았어야 한다. 옛날 정미소나 방앗간을 운영했던 사람들 대다수가 그랬다는 말을 종종 들었다. 비양심적으로 운영한 사람치고 부자가 되지 않은 사람이 없다고 한다. 그 종잣돈으로 재벌이 되는 기초가 되었다는 항간의 말을 그렇게 당하기 전까지는 설마 했다. 그렇게 해서 부자가 되면 무슨 의미가 있을까. 떳떳한 돈이 아닌 도둑질로 번 돈으로 제 아이를 먹이고 공부시킨다는 게 이해할 수 없다. 안타깝고 부끄러운 일이다.

그 정미소엔 도정한 쌀을 수북이 포대로 쌓아 놓고 팔고 있다. 이젠 그 쌀 포대들이 모두 도둑질로 만들어 쌓아놓은 것으로 보인다. 어쩌면 그래서 우리나라 사람들은 부자를 욕하고 있는 건지 모른다.

마트에서 보았던 보리쌀 값이 싼 이유와 정미소가 점차 사라지는 이유를 비로소 알게 되었다. 이젠 대농을 하는 농가들은 도정기를 가지고 있다. 나처럼 도정 비용과 물류비에다 뼁 뜯긴다면 적자는 불 보듯 뻔하다.

제 발등 찍어 놓고 또 사라질 정미소를 떠올리니 그도 마음이 편치 않다.

잔인한 사월

가로등이 하나둘 불을 밝힌다. 어둠이 빠르게 시간을 먹으며 커 갔다. 지워져 갈 하루를 잘 끝냈는지 돌아볼 시간이다. 컴퓨터를 열어 글이나 한 줄 남긴다고 끙끙거리고 있었다.

둔탁한 소리 들리더니, 찰나, 급제동 소리. 반사적으로 창문을 열어 내다봤다. 승용차 한 대가 한길 복판에 서 있다. 그 앞에 드러누운 희끄무레한 물체, 미동도 하지 않는다. 죽은 걸까. 잘 아는 그것에 대한 작은 연민으로 눈을 거둘 수가 없다.

운전석에서 남자가 내리더니 발로 툭툭 건드려 본다. 그의 몸짓에서 엿보이는 난감함, 어디론가 전화 걸기에 바쁘다. 10분이 흐르고 20분도 지나간다. 비상등을 켜 놓은 자동차가 제 잘못이 아니라는 듯 어둠 속에서 제 존재만 알린다.

경찰차가 경광등을 번쩍이며 미끄러지듯 다가갔다. 잠시 운전자의 설명을 들은 후 사체를 치운다. 사건이 종결되나 보다. 비상등 불빛, 경찰차에서 빙글빙글 돌던 경광등이 지워진 한길엔 희미한 가로등만 아무 일도 없었다는 듯이 서 있다.

착한 운전자다. 실수야 누가 했든 그렇게 마무리하기도 쉽지 않다. 대부분의 운전자는 재수 없었다며 그냥 지나쳐 가는 걸 종종 보았다. 어둠이 사라지고 나면 그런 사체들이 아스팔트 위에서 짓이겨진 걸 흔하게 보는 세상 아닌가.

작년 이맘때다. 모습이 닮은 하얀 강아지 네 마리가 남쪽 작은 숲속에 터를 잡은 것 같았다. 목줄이 있는 것을 보아 유기견이거나 집을 뛰쳐나온 녀석들이겠다. 우리 집 가까이 접근하면 와리와 지마가 심하게 짖어댔다.

와리와 지마 몫으로 만들어 놓은 특식을 훔쳐 먹거나 아예 그릇째 물고 가 버리기도 했다. 닭에게 줄 먹이까지 날름 먹어 치운다. 그럴 때마다 호통을 치며 쫓아내길 여러 번이다.

텃밭에 모종을 심고 비닐을 덮어 두면 망가뜨리고, 작물도 뭉개 버린다. 이웃 밭을 경작하는 S도 골을 내고, 마늘을 심고 피해를 본 이웃집 할머니도 생야단이다.

가을걷이를 앞둔 날이다. 피해가 심할 거라는 생각에 읍사무소에 도움을 청하러 갔다. 유기견 포획 팀 전화번호를 적어 주기에 호주머니에 넣고 돌아왔다. 거의 성견으로 자란 녀석들의 활동력은 잽싸다. 모습이 보였는가 싶으면 순식간에 자취를 감춘다. 포획 팀에 전화하려 해도 바쁜 그들이 헛걸음할까 봐 주저했다.

겨울이 오자 추위를 피해 은신처에 머무는지 띄엄띄엄 보였다. 창문을 꼭꼭 걸어 버린 겨울이라 그렇게 눈에 띄지 않았는지 모른다. 가끔 길냥이 몫으로 먹을 것을 남기는 아내 덕에 그들은 혹한의 겨울을 나는 데 도움이 되었을까.

2월도 끝을 보이던 날, 코로나19로 모든 강의가 취소되거나 뒤로 미뤄졌다. 그 덕에 일찍이 농사 준비를 한답시고 텃밭에 발자국을 자주 남겼다. 나를 따라 하는 것은 아니겠지만 그들도 발자국을 찍고 간다. 비록 들개로서의 삶을 살지만, 그들은 활기찼다. 피붙이와 어울려 사는 자유 덕분일까.

봄이 무르익어 갈수록 그들 모습도 자주 눈에 띈다. 그런데 세 마리다. 한 마리의 행방이 궁금하지만 내 생각 속에 머물다 세 마리로 기억을 바꾼다. 내 뇌 속에서 아예 지워진 한 마리는 없다. 눈으로 수를 세는 건 세 마리로 당연하게 자리 잡았다.

우리 집 앞 한길은 왕복 6차선이다. 아마 길 건너 아파트단지 옆 클린하우스를 다녀오는 것 같았다. 개들은 그 길을 오가며 자주 무단횡단했다. 3층 창문으로 바라보면 지척으로 보여 위험하다는 것은 생각뿐 남의 일처럼 무심했다. 포획 팀에 전화한다는 것은 그들에게 자유를 빼앗는 것이라는 생각이 들자 그도 까마득히 잊혀 갔다.

3월이 되자 두 마리만 눈에 들어왔다. 어찌 된 일일까, 그런 의문은 잠시뿐, 내 것이거나 우리 것이 아니라는 무덤덤함이다. 아니다. 봄을 맞을 텃밭 걱정으로 차라리 잘되었다고 내심이 그랬는지 모른다. 사라진 녀석을 또 지워 버렸다.

4월은 잔인한 달, T. S. 엘리엇의 "황무지" 시 구절을 떠올리게 했다.

> 죽은 땅에서 라일락을 키워내고/ 기억과 욕정을 뒤섞으며,/ 봄비로 잠든 뿌리를 뒤 흔든다./ 차라리 겨울은 우리를 따뜻하게 했었다./ 망각의 눈雪으로 대지를 덮고/ 마른 구근球根으로 가냘픈 생명을 키웠으니.

살아 있으므로 잔인하다는 시가 유기견과 닮았다. 식물도, 유기견도 눈 속에서 웅크리고 봄을 기다리는 휴식이 차라리 나은 건지 모른다.

밤을 밀어내고 4월을 맞은 아침, 아스팔트엔 핏빛으로 짓이겨진 하얀 털을 가진 짐승의 고깃덩이가 납작하게 엎드려 있었다. 홀로된 외로움일까, 닷새도 넘기 전, 마지막 잎새로라도 남지 못한 생명도 그렇게 가뭇없이 사라졌다.

그들의 흔적을 말끔히 지워 낸 4월이 흐른다. 책상 서랍에서 꺼내든 포획 팀 전화번호가 할 일을 잃었다. 하얀 쪽지가 날 나무라듯 눈을 흘기며 쏘아본다.

지워버린 낙수

30대엔 나름 바쁜 일정을 소화하며 살았다. 과수원을 조성했고, 양돈과 일반 농업, 4H 회장을 맡으니 눈코 뜰 새가 없었다. 그러던 어느 날, 몇몇 또래들과 선배가 모임을 결성하고 나를 끌어들였다.

한 달에 한 번 모여 맛있는 만찬을 곁들이며 담소를 나눴다. 식사 후엔 늘 오락으로 이어진다. 간식거리 사 오는 내기 정도다. 고스톱, 난 그런 것을 배운 적이 없어서 할 줄 몰랐다. 가르쳐 주는 대로 조종당하는 로봇처럼 하다가 재미를 붙여 갔다.

결혼했다. 아내는 오락으로 하는 화투라 해도 그런 걸 싫어하는 사람이다. 만형 되는 집 아내가 어린 아들 둘을 두고 바람을 피워 가출해 버린 사건으로 그들과 인연을 정리하는 게 좋지 않으냐고 한다.

남들보다 늦게 시작한 공부도 방해되었다. 밤을 새우며 화투와 기름진 음식을 가까이하고 나면 다음 날 일하는 데도 지장이 많았다. 품에 자식인 아들과 딸이 편안한 요람에서 잠을 자지 못할 때 죄의식도 느꼈다.

그중에 연장자인 K가 서귀포시로 아파트를 사서 이사 가게 되었다. 모임을 지속하자니 서귀포에서 오는 사람도 힘겹고 우리도 다녀오는 게 쉬운 일이 아니다. 자연스럽게 모임은 해산 절차를 밟게 되었다.

K는 산호와 패각을 이용한 공예품을 제조하여 기념품점에 납품하고 있었다. 이사를 하게 되면서 계속 유지할 수 없다며 나보고 인수하길 원했다. 나름 손재주를 타고났으니 도전해 보고 싶었다.

한 달 동안 운영을 배우며 서울에 있는 D 무역회사를 찾아가 납품 계약도 맺었다. K가 사업장으로 쓰던 집도 사라 하기에 살펴보았다.

슬레이트로 지붕을 얹은 집은 세월의 흔적이 짙게 묻어났다. 마당에 백목련 한 그루가 맞는다. 이른 봄, 잎이 나오기 전에 먼저 꽃을 피우는 나무. 깨끗한 순백으로 피는 청초한 목련꽃을 좋아했다. 그 나무와 옷깃을 스치듯 들어서는 현관 입구엔 현무암으로 댓돌이 놓여 있다. 그 육중한 돌이 처마에서 떨어지는 낙수에 패여 있다.

오래전에 돌아가신 할머니를 그리워하듯 옛것을 좋아하던 눈에 낙수로 생긴 현무암의 구멍에 마음이 끌렸다. 더 다른 것은 보이지 않았다. 땅값도 알아보지 않았다. 달라는 대로 주고 매입했다.

적수천석滴水穿石 '낙수는 바위를 뚫는다.' 보잘것없는 작고 부드러운 낙수가 강한 바위에 구멍을 낸다는 것은 오랜 세월 꾸준함을 말함이다. 노력하면 무엇이든 이룰 수 있다는 가르침을 준다. 그 의미를 좋아했다. 그 집에 보금자리를 틀면 나태해지거나 흐트러지려 할 때 날 바로 잡아 줄 것 같았다. 그 낙수의 흔적을 떠올리며 살았다. 언젠가는 고향처럼 찾아갈 곳이라며….

그 집을 사고 서른두 해가 흘렀다. 하지만 단 하룻밤도 그 집에서 잠을 자 본 적이 없다. 그리워하는 내 집인데 내 집 같지 않은 집, 사업을 할 때는 사옥으로 사용했다. 사업을 접자 작은아버지를 모시고 한쪽엔 나그네가 들고 나갔다.

어느 날 오랜만에 찾아간 집은 깔끔하게 페인트로 화장하고 마당도 시멘트가 덧씌워 져 있었다. 낙수가 뚫어 놓은 구멍을 작은아버지가 시멘트로 메워 버렸다. 낙수가 흘러내리던 곳엔 싸구려 플라스틱 물 받침대가 받쳐지고, 수십 년 몸집을 키워 온

백목련도 큰 가지가 싹둑 잘려나갔다. 흔적 없이 지워져 버린 의미들이 정을 덜어 낸 걸까, 처음으로 집을 팔까, 망설였다.

비가 내릴 때면 졸졸 가느다랗게, 뚝 뚝 방울을 만들어 돌 위로 떨어지던 모습을 상상하며 살았다. 이젠 내 안에 고향처럼 들었던 그 모습을 지워야 한다. 없는 걸 상상으로 만드는 것과 있는 걸 그리워하는 것과는 사뭇 다르다.

물받이를 뜯어 버리면 낙수는 생기겠지만 백 년 가까운 세월이 만들어 낸 역사를 다시 만들진 못한다. 메워진 구멍, 오랜 세월의 흔적인 낙수의 이력을 헐어내 버린 집.

우리는 살면서 수많은 인연을 만들고 또 지워 간다. 새벽이 열리며 윤곽을 드러냈던 주변이 어둠이 내리면 시야에서 지워지듯, 지워 버린 낙수를 이젠 기억에서 지워 가야 한다.

밥 한 그릇의 값

딸이 친구들을 만나고 들어왔다. 음식점에서 맛있는 저녁을 먹으며 즐거운 시간을 가졌단다. 누가 밥값을 계산했느냐고 물었다. 질문이 생뚱맞다는 듯 바라본다.

"각자 계산하지 왜 누가 사?"

그 말을 듣는 순간 왠지 삭막한 느낌이 든다. 김이 모락모락 나는 따뜻한 만찬이 떠오르더니 그걸 지워 내고 내 생각 속에서 만들어진 차가운 음식이 식탁에 올려졌다.

소소한 간식거리를 사 들고 숙모님을 찾아갔다. "밥 먹고 가라" 숙모님은 나를 보자 밥을 챙기려고 우두둑 소리 나는 오금을 펴고 일어나셨다. '점심은 먹었니?' 물어보지도 않고 부엌으로 가신다. 으레 밥을 먹고 가야 한다는 생각이 먼저다. 늘 듣는 말인데도 밥 먹으란 그 말이 왜 그리 정겹고 따뜻하게 가슴에 들어앉을까.

"밥 먹었어?" 나이 지긋하신 어르신을 찾아뵐 때면 종종 듣는 인사다. 먹을 게 귀했던 시절, 배고픈 서러움이 가장 큰 아픔으로 생각하며 살아온 사람들 사이에만 통하는 인사일까.

먹을 게 풍족하다 못해 넘쳐 나는 시대다. 그래서일까, 젊은이들은 그 따뜻한 인사의 의미를 모른다. 환갑이 넘은 우리 세대는 음식점에서 밥을 먹고 나면 밥값을 서로 내려고 작은 실랑이가 일 때도 종종 있다. 단 한 번도 각자 계산을 해 본 적이 없다.

이십 대인 딸의 말에 의하면 친구들과 밥을 먹고 나면 자기가 먹은 것은 각자 계산하는 것으로 정해졌다고 한다. 사전에 사겠다는 의사가 없을 때는 당연한 것으로 자리 잡혔단다.

받는 즐거움보다 주는 즐거움이 더 크다고 한다. 사랑이나 대우를 받는다는 것도 행복한 일이지만 주고 싶은 사람에게 베풀었을 때 따뜻해진 마음의 온기는 받는 것보다 더 즐겁다.

줄 수 있다는 건 여유다. 마음이 넉넉하고 가진 것도 시간도 있으니 가능한 일이다. 그런 여유에 더하여 행복감이 더해지는 것 아닐까. 따뜻한 밥 한 끼 산다는 게 그리 어려운 일도 아니건만 요즘 젊은이들이 달리 생각했으면 좋겠다.

팍팍한 세상살이에 지친 친구를 위해 뜨거운 국밥 한 그릇 사주고 나서 오히려 내 마음에 여유를 가진 적도 있다. 마음이 울적할 때 친구가 사준 밥 한 그릇으로 마음의 짐을 조금은 덜어내기도 했었다.

허기질 때 밥 한 그릇은 무엇보다도 값지다. 소중한 음식으로 필요한 사람에게 베풀 수 있다면 사람과의 좋은 관계를 맺는 것도 어렵지 않다. 많은 세월이 흘렀지만 떠오르는 얼굴이 있다.

입영 영장을 받자 훈련소에 입소했다. 210명의 훈련병은 세 개의 구대로 나뉘어 밤낮없이 고된 훈련과 야간 점호로 시달렸다. 교관이나 조교들의 심술 같은 훈련방식에 죽을 맛이었다.

제일 힘든 건 조교의 기분에 따라 '식사 끝'을 알리는 호각 소리다. 짧게는 식사가 시작되고 10초도 지나지 않았는데 숟가락을 놓으라는 명령이 떨어진다. 허기로 잠을 이루지 못하는 훈련병들은 밤마다 PX로 달려갔다. 비상금이 떨어진 사람은 배에서 꼬르륵 소리를 내고 얼굴엔 핏기가 사라져 갔다.

같은 마을에 사는 H는 1년 후배다. 일곱 살에 학교를 들어간 나와는 친분이 없다. 오히려 동갑인데 선배라는 이유가 빌미가 되어 싸우기도 했다. 그는 3구대인 나와는 다른 2구대에 편입되어 있었다. 확실한 건 모르지만 조금 굼뜬 사람이다. 그런 사람은 음식을 빨리 먹지 못한다. 우리 구대에도 그런 사람이 여럿 있다. 얼마나 허기가 심했으면 돼지 밥으로 가는 짬밥 통에 손을 넣었다가 호되게 얼차려를 받았을까.

취침 점호를 앞둔 자유시간이다. 그가 구대장의 눈을 피해가며 들어왔다. 배가 고파 죽겠다며 빵 살 돈을 빌려달라고 한다. 그의 눈빛은 애원에 가까웠다. 훈련소에서 숨겨둔 비상금은 목숨과 같았다. 하지만 그 눈빛에서 읽힌 허기를 나도 겪었으므로 외면하지 못했다. 마지막 남은 천 원짜리 한 장을 쥐여 줬다.

훈련을 마치고 돌아와 살아가는 동안 그는 날 만나면 얼굴에 화색이 들곤 했다. 그때 고마움을 잊지 않고 있노라며 살갑게 다가왔다. 따뜻한 밥 한 그릇도 아닌 빵 하나 사 먹었을 뿐인 걸 그 베풂이 인연 하날 만들어 냈다.

그가 교각에서 낙사 사고를 당했다. 허릴 다쳐 와상환자로 투병했다. 마지막 숨을 놓기 전에 아내와 함께 찾아갔다. 고통으로 얼굴을 일그러뜨리기만 한다며 한숨을 쉬는 그의 아내가 안쓰럽다. H가 날 보자 활짝 웃는다. 차를 들고 들어온 그의 아내가 오랜만에 웃는 얼굴 본다며 찻잔을 내밀었다. 며칠 후 내 마음속에 그 웃음만 남기고 그는 떠나갔다. 나는 그의 그 웃음을 그렇게 베풀며 살아 달라는 교훈으로 품었다. H가 그리하라 했는지 모른다. 상여가 공동묘지로 가는 길, 난 그의 영정사진을 들고 맨 앞에 섰다.

딸에게 말했다. 친구들과 밥 먹을 땐 아빠 세대처럼 하면 좋겠다고. 네가 한 번이라도 더 계산하라고.

하루 친구

서른이 되는 새해를 부정했다. 장가도 안 갔는데 숫자 30이 된 게 부끄러웠다. 음력으로 설을 쇠니 아직 스물아홉 살이라며 웃어넘겼다. 그 웃음의 유효기간은 한 달, 설을 쇠었으니 빨리 장가가라 더 성화다. 세월 빠르다. 새털 같은 하루하루가 수없이 흘렀을 터인데 이리 늙어 버렸으니.

하지만 그 나이에 난 제법 성공한 젊은이라 평가받고 있었다. 넓은 과수원에 새집, 양돈업 경력과 4H 클럽 회장, 중졸 학력의 농부가 늦은 공부를 시작해 1등을 놓치지 않았다. 총학생회장을 지내고 법대로 진학했다. 가난한 젊은이들에게 고소득을 올리며 농촌도 부농으로 도시 못지않다는 기대를 가지게 했다. 곳곳에서 농업 지도를 하며 바쁘게 살았다.

그날은 지인이 새 품종 귤나무를 심는다며 도움을 요청해 왔다. 젊은 남자 열 명, 젊은 여자 다섯 명이 품삯을 받고 나무를 심는다. 중학교 동창 O도 보여 눈인사로 대신했다. 남자 둘과 여자 한 명이 조를 이뤄 여자는 귤나무를 바로 세워 잡으면 남자가 삽으로 흙을 덮었다.

그들은 걸쭉한 농담과 우스개를 하면서 나무를 심는다. 난 전지가위를 들고 나무를 잘라 주거나 방향을 잡아 주는 일을 했다. 명색이 오늘 일에 지휘권을 잡고 있음이다.

한 청년 말이 청산유수다. 허풍으로 재미를 더함인지 여자들 귀가 그에게 집중되어 있다. 경상도가 고향이란다. 나이는 나와 비슷해 보였다.

점심시간을 보내고 잠시 쉬는 시간이다. 그가 다가왔다. 통성명이나 하자며 손을 내민다. 스물여덟 살이라며 친구 하잔다. 내 나이를 물어보지도 않고 친구 하자는 소리에 한편으론 괘씸했지만 재미있는 녀석 같았다. "일이 끝나면 소주 한잔합시다." 그가 사겠다며 호탕하게 웃었다.

나무를 다 심었다. 아직 어린나무들이지만 썰렁했던 토지가 과수원다운 면모를 갖췄다. 그의 제안을 어쩌나 망설이다 동행하기로 했다. 난 술을 마시지 않으므로 이런 제안을 받으면 적잖은 부담이 된다.

동문시장 순대국밥 집으로 갔다. 국밥과 돼지머리고기 한 접시, 소주 한 병을 주문했다. 술을 못한다고 솔직하게 말했다. 그가 쉽게 받아들인다. 잔을 받고 마시는 흉내만 내라 한다. 묻지도 않았건만 신세 한탄하듯 술 냄새를 섞어 지난날을 털어놓는다.

그는 가난한 집에서 자랐다. 중학교를 졸업하자 부산에 있는 공장 이곳저곳을 전전했다. 3개월 전에 일자리를 찾을 겸 여행도 할 겸 제주도로 들어왔다. 할 일은 별로 없고 막노동으로 하루 벌어 하루를 사는 하루살이라며 자신을 낮춘다.

내가 부산 좌천동에서 몇 년 있었다는 말에 더욱 친밀감을 가지는 눈치다. 나무를 심던 사람 중에 나를 잘 안다는 O에게 내 나이를 들었다. '아, 그랬구나. 2년을 쉬고 들어간 중학교는 2년 후배들과 공부했다. 초등학교가 다른 동창생 O는 내 나이를 잘 몰랐을 것이다.' 그가 미안해 할까 봐 스물여덟 살로 본 나이를 숨기고 오늘 하루쯤이야 친구가 되어 주기로 마음먹었다.

이렇게 마주하고 보니 착한 사람이다. 허풍은 어디로 갔는지 차분한 말로 대화가 임의롭다. 앞날 계획을 물었더니 조만간 고향으로 돌아가겠다며 뭔지 잘 풀리지 않는 삶이 비쳐 보인다.

슬며시 일어나 화장실 간다는 핑계를 대고 계산하고 왔다. 힘들었을 노동의 허기겠다. 우리는 밥과 안주, 소주를 깨끗이 비우고 일어섰다. 이미 계산되어 있는 걸 안 그가 미안해하기에 "우리 친구 아이가." 그 한마디에 하얀 이를 드러낸다.

식당을 나와 버스정류장에서 헤어졌다. 아마 다시는 보기 힘들 거라는 걸 생각하니 하루 인연으론 아쉽다. 지금 그는 하루살이 인생이다. 하루만 살다가 가는 벌레처럼 오늘밖에 모르는 삶, 부모를 잘못 만났거나 행운이 따르지 않았을 과거와 현재로 그리 사는 그, 중학교도 정식으로 졸업 못 했던 나는 운이 좋아 대학을 다니고 있는 걸까, 아니면 내 악착같은 노력의 결과였나. 노력만으로는 어려운 일이다. 아마, 행운도 따랐을 것이다.

헤어지고 나서야 이름도 묻지 못했음을 후회했다. 그냥 스쳐 지나간 하루 친구로는 아쉬움이 큰 걸까, 어쩌면 며칠 일자리라도 얻을 수 있을까 하는 생각으로 다가온 것인지도 모르는데 무심했다.

차창으론 밤길을 걸어 집으로 향했던 열두 살의 내가 떠오른다. 30리 길을 밤새워 걸어 부르튼 발이 아파 울었었던 그런 고생은 없길 바라며, 그의 앞날의 행운을 빌었다.

모성 본능

지마가 산통을 시작한다. 꾹꾹 눌러 참는 걸까, 우우웡 우우웡 가끔 내는 신음에 가슴이 아리다. 개집으로 들어가 배를 쓸어주며 고통을 나눴다. 반나절을 그러더니 귀여운 강아지 다섯 마리를 낳았다.

강아지가 나올 때마다 지마는 혀로 새끼 몸을 깨끗이 핥아냈다. 물에 빠진 모양이더니 차츰 뽀송뽀송한 털이 선다. 귀여운 새끼 하날 내 품에 살며시 안았다. 따뜻한 체온을 전해 주는 새 생명, 이 기쁨을 누리기 위해 어미는 그 고통을 감내했던가.

어미는 잠시라도 제 품을 떠난 제 새끼를 어서 내려놓으라는 눈치다. 품으로 보냈더니 젖을 물리고 머리를 돌려 바라보는 눈빛엔 자애, 사랑, 보호 좋은 말을 모두 갖다 붙여도 부족하다.

일주일을 고기를 넣은 미역국을 끓여 날랐다. 강아지들은 감긴 눈으로도 젖을 잘도 찾는다. 녀석들은 먹고 자고 싸는 것이 일상이다.

개집 안은 항상 청결하다. 오줌 냄새 하나 없다. 어떻게 아는지 새끼가 오줌을 누기 시작하면 재빨리 혀를 들이대고 핥아먹는다. 다섯 마리가 내어놓는 분뇨가 적지 않을 성싶은데 지마는 그걸 다 받아먹어 치운다.

강아지들이 실눈을 뜨면서 활동도 왕성해졌다. 호기심은 밥그릇, 물그릇 모든 게 다 해당되었다. 엎지르고 밥그릇에 들어가 웅크려 있기도 하며 난장판이 된다.

커다란 물그릇이 없어졌다. 조금 전에 떠다 놓고 잠시 자리를 비웠는데 감쪽같이 사라진 것이다. 다시 빈 그릇을 가져다 물을 가득 채워 놓으면 또 없어진다. 밥그릇은 그대로인데 궁금했다. 멀리서 지켜보았다.

내가 자리를 뜨자 지마가 물그릇을 물고 풀숲으로 옮긴다. 물이 쏟아지지 않게 살며시 아주 조심스럽게 그 작업을 하고 있었다. 제 새끼들이 물에 빠질 것을 걱정하는 것 같았다. 물그릇에 아주 적은 양의 물이 들었거나 빈 그릇은 치우지 않는다. 가져다 준 주인에게 미안해서 그럴까, 제 새끼들을 돌봐줄 거라는 믿음이 있어서일까. 내가 보는 앞에서는 물그릇에 신경도 쓰지 않는다.

2주일이 지나자 강아지들이 귀여운 눈을 들고 날 쳐다본다. 주인을 알아봄도 본능일까, 조그만 꼬리를 흔들며 애교다. 강아지들은 아빠인 와리의 집도 들고난다. 지마는 와리의 물그릇도 치우기 시작했다. 위험을 방지하기 위한 본능에 머리가 숙여진다.

강아지들은 하루가 다르게 몸집을 키워 갔다. 앙상한 등뼈를 내보이는 지마를 위해서라도 이르게 이유식을 시작했다. 고기를 넣고 맛있게 죽을 만들어 줬다. 정말 게걸스럽게 먹는다. 맛있게 먹는 녀석들을 뒤로하고 얼른 지마에게로 갔다. 늦으면 녀석들이 어미의 밥을 먹으러 달려들 것이다.

지마에게는 뼈가 붙은 고깃덩이와 죽을 밥그릇 가득 넣어 줬다. 고기 냄새를 맡은 와리에게도 입맛을 다시기에 뼈 하날 사료와 함께 넣어 주었다.

제 몫을 어느새 다 거덜 냈는지 강아지들이 달려왔다. 셋은 어미 밥그릇으로, 둘은 아비 밥그릇으로 달려가더니 코를 들이밀었다. 으르렁대는 와리의 겁박에 둘도 지마 밥그릇으로 달려드는데 지마가 뒤로 물러서서 헐레벌떡 먹는 모습만 지켜본다. 젖을 죄다 빨린 홀쭉한 배가 안쓰러워 두 손으로 강아지들을 밥그릇에서 떼어내 보지만 다섯 마리를 당할 재간이 없다.

개는 먹을 것 앞에서는 자식에게도 양보하지 않는다는 말을 들었는데 아닌가 보다. 모성 본능으로 늘 새끼에겐 맹목적으로 양보하고 있었다. 생선 가시나 뼈에 입을 댈 때만 으르렁거린다. 아직 치아 형성이 덜 되어서 위험 때문에 그런 것 같다.

강아지들은 항아리처럼 배가 나오자 그제야 밥그릇에서 입을 뗀다. 지마는 먹다 남은 걸 코로 깔끔하게 한쪽으로 모아 놓고 먹질 않는다. 그렇게 좋아하던 고기도 남겨 두고 침만 삼킨다. 허기와 고기 냄새를 어떻게 견디는지 모르겠다. 어미는 자식이 맛있게 먹는 걸 바라보는 것만으로도 배가 부른다는 옛말이 떠오른다.

젖을 떼야 할 시기인데 지마는 그럴 생각이 없어 보인다. 익모초 생즙을 내어 발라 보지만 내 마음을 거부하는 걸까, 그 쓰디쓴 약물을 혀로 핥아내 버리고 제 새끼들에게 다시 젖을 물렸다.

가을장마다. 온 집 안이 눅눅하다. 창가에서 바라보니 분양 때가 된 강아지들은 비도 아랑곳하지 않고 뛰어놀고 있다. 젖은 몸으로 집을 드나드는 녀석들로 집 안엔 물이 고였겠다.

개집에 신문지라도 깔아 줄 요량으로 갔더니 예상과는 다르게 물기가 없다. 그때 비를 맞으며 개구쟁이 짓 하던 녀석이 집으로 들어왔다. 지마는 바로 몸에 묻은 빗물을 핥아냈다. 다섯이나 되는 녀석들을 그렇게 건사하고 있었다. '진자리 마른자리 갈아 뉘시며 손발이 다 닳도록 고생하시네.' 순간 떠오르는 노래,

어버이 은혜가 가슴속에 잔잔히 스며든다.

말로만 듣던 모성 본능을 지마에게서 확인하는 느낌이다. 난 어떤 아버지였던가, 부성을 남달리 가졌다고 자부했었는데, 한낱 동물인 지마에게조차 견줄 수 없으니 두 아이의 아버지로서 지난날을 되돌아보면 부끄럽기 짝이 없다.

'마루'가 분양되어 간 지 일주일이 흘렀다. 어제는 '예쁜이'도 음료수 한 박스를 들고 온 청년이 품에 안고 차에 올랐다. 딸을 시집보내는 아비 마음이 이런 걸까, 사라지는 자동차 뒤꽁무니에다 대고 돌려달라고 외치고 싶었다.

마루의 새 주인이 전해 오는 사진과 말에 미소가 번진다. "방에서는 단 한 번도 오줌도 눈 적이 없어요. 꼭 밖에서만 볼일을 봅니다. 참 영특해요." 지마가 자식 교육도 잘 시켰지 않나.

만물의 영장이라, 사람의 모성 본능은 그보다 더하겠지. 하지만 개만도 못한 인간들이 많은 세상이다.

참 좋은 사람

문학 세미나에 가는 길이다. 버스로 가다 보니 조금 늦게 도착했다. 일부 회원과는 인사를 나눴지만, 미처 인사를 나누지 못한 사람과는 비행기로 오르는 계단에서 눈인사로 대신해 보냈다.

"재봉아, 순보다." 하며 손을 내미는 이가 있었다. 어렴풋이 남아 있는 45년 전 얼굴을 더듬었다. [illegible] 쉬고 입학한 중학교 생활은 2학년까지였다. 자퇴했지만 선생님께 구제받아 사환 생활로 졸업장을 받았다.

그와 학창 시절은 2년이 전부다. 초등학교로는 2년 후배가 된다. 다산하던 시절이다. 2년 터울로 태어나던 아이들이 많았던 때이므로 형은 초등학교 동창생이 되고, 동생은 중학교 동창생이 되니 그들도 서먹하고 나도 자존심이 상했다. 그 사연을 피한다는 게 중학교 총동창회와 동기 동창회는 나가지 않았다. 그렇게 중학교 시절은 나 스스로 지워 버렸다. 그러다 보니 그를 만난 게 45년 만이다. 서로 사는 곳도 다르니 만날 일이 그리도 없었나 보다. 하긴 길에서 마주쳐도 모르고 지나갔으리라.

그렇게 만나 인사 소개를 하며 문우들에게 동창생임을 알렸다. 짧은 7년 등단 경력보다 제법 알려진 인맥으로 그의 존재에는 소홀하게 되었다. 그는 올해 글을 쓰기 시작했다. 아직 등단 전이다. 걷다가 거리가 좁혀지면 이야기 나누고 그러다가 다른 사람이 끼어들거나 임원으로 할 일을 할라치면 다시 거리가 자연스럽게 멀어졌다.

전국 세미나와 문학기행 일정을 마무리하고 나서야 그를 돌아보게 되었다. 돌아오는 길에 제주팀만 홀가분하게 다닌 여행이다. '청남대' 둘레길을 나란히 걸었다. 묻지 못했던 하는 일, 아이들 이야기가 오갔다. 내가 중학교 동창회를 안 나가므로 궁금해 할까 봐 배려의 말이겠다. 그들의 근황도 이야기해 준다.

어른이 되었으니 모습이 많이 변했을 동창생들이다. 내 기억엔 앳된 모습으로만 남은 그들을 떠올린다. 사업가, 공무원, 농부 그들의 변한 얼굴들을 희미한 기억에서 펴내 상상 속으로 떠올린다.

공항에 도착했다. 두어 시간이나 남은 출발 시각을 기다려야 한다. 2층 출발하는 곳으로 오르고 앉았다가 1층 탑승권을 발급받는다며 오갔다. 그림 가게, 기념품 가게도 기웃거려 보지만 그래도 시간은 가질 않는다.

신인상을 받은 문우가 저녁을 산다며 내민 밥을 받았다. 천천히 밥을 먹는다. 기다리는 시간은 잘 가지 않는다고 하듯 지루하다. 아까운 두 시간을 내 삶에서 지워 가고 있다는 생각에 아쉽다. 혼자라면 수필 두어 편 쓸 것을 하며 당치 않은 푸념도 해 본다.

시간이 무료해서일까, 그가 아내 이야기를 꺼낸다. 5년 전, 위에서 자란 암세포가 많은 장기에 전이된 말기 암 환자로 6개월의 시한부 진단을 받았다고. 온 정성을 다해 치료에 몰두했다고. 직접 수발하며 안간힘을 다 쏟았다 한다.

6개월이란 진단을 깨뜨리고 2년을 넘겼다. 희망도 가졌으리라. 수척해진 몰골을 보며 복수가 차고 퉁퉁 부은 몸을 거두며 이겨내자고 악을 썼다. 상황버섯을 비롯한 온갖 좋다는 건 모두 섭렵했으리라. 암에 대한 지식도 얻어 가며 발버둥 쳤을 그가 그려졌다.

그러던 어느 날, 아내가 한 말, "당신, 참 괜찮은 남자다." 그 말을 마지막으로 남기고 아내는 삶을 놓았다. 듣는 것만으로도 울컥하다. 한 술 남은 밥을 얼른 입에다 털어 넣고 양치를 핑계로 일어섰다. 스치는 사람들이 흐르는 눈물을 볼까 봐 꾹꾹 눌러 참는 것 또한 고통이다. 나 같으면 울먹여져 말 못 할 것 같은데 그런 시련을 이겨 낸 그는 참 강한 사람이라고 생각했다.

우린 다른 사람들과는 다른 동창생이다. 난 사환 일을 하며 복도를 오갔다. 교실에 남았던 그들은 내겐 부러움의 대상이었다. 중학교 동창생들에겐 잊히지 않는 사람이겠지만 난 그들을 지우려 애썼던 지난날이다. 그것만으로도 특별한 사연인데 이제 같은 길을 걸어갈 문우가 된다. 특별한 인연이다.

홀가분하게 만나 그동안 살아온 이야기를 나누고 싶다. 여독으로 피곤했던 몸이 숨을 돌리자 컴퓨터를 열었다. 글을 쓰다 말고 서로 주고받았던 전화번호를 열어 이름을 물끄러미 바라보았다.

'순보, 나도 자네에게 참 좋은 사람으로 남으려고 노력하겠네.'

버려야 할 습관

푹푹 찌던 여름이 한풀 꺾였나 보다. 제법 선선한 바람이 옷깃을 파고든다. 차창으로 물 흐르듯 지나는 들녘엔 짙은 녹색을 지워 가는 벼가 실바람에 춤을 춘다. 곧 가을맞이로 분주해지겠다.

문학동호회 세미나에 참석하기 위해 가는 길이다. 대형 버스가 20명을 한가롭게 태우고 달린다. 문우들은 오랜만의 [illegible] 나들이에 이야기꽃을 피운다.

시작 시간을 맞추려면 아직 이르다. 계룡산을 들러 산사를 둘러보기로 했다. 차가 도착한 그곳엔 아직 여름휴가를 끝내지 못한 인파가 꽤 머무르고 있었다.

점심때가 되었으니 밥부터 먹자고 한다. 이른 새벽에 먼 길 떠나느라 소홀했던 조반으로 시장하다. 식당으로 들어가 앉으니 푸짐하게 내온 두부버섯전골에 눈이 휘둥그레진다. 반찬도 가짓수가 많지만, 양도 넉넉하여 배고픈 우리의 기분을 흡족하게 했다.

배불리 먹었다. 더덕 막걸릿잔을 부딪치며 건배도 했다. 남길 것 같은 음식이 아까워 또 젓가락이 오가다 보니 모두가 과식했다.

먹고 난 자리엔 버려야 할 음식물 쓰레기가 수북이 쌓였다. 이렇게 버려지는 음식물로 해마다 골치를 앓는데, 우리는 푸짐한 걸 좋아하는 식성을 버리지 못하는 게 습관이 되었다.

음식물 쓰레기 처리 비용만도 1년 예산이 1조 원을 넘는다고 한다. 무지인지, 부자 나라여서 그러는지. 처리 비용만의 문제가 아니다. 수질 오염에 토양 오염, 악취로 인한 대기 오염까지 심각하다.

사람들은 너나없이 쓰레기 처리장이 혐오 시설이라며 근처에 들어서는 걸 막는다. 필사적이다. 때론 전쟁처럼 들고 일어선다. 이미 들어선 하수종말처리장도 잇단 민원으로 골치를 앓는다. 그러는 사람들도 시설은 필요하다면서.

음식물 쓰레기가 식량 자원으로 환산하면 20조 원 이상의 경제 가치라 한다. 하루 버려지는 양이 1만 2000톤이라 하니 가히 음식물 쓰레기 천국이다. 바꿀 수 없는 걸까, 줄일 수 없는 걸까.

음식물 쓰레기는 버리는 것도 고역이다. 요즘 같은 무더운 날

씨엔 더욱더 그렇다. 여름엔 만찬을 즐겼던 것을 아침에 처리하려면 시큼한 냄새를 맡아야 한다. 길을 걷다가 클린하우스를 지날 때도 역겹다. 그걸 실은 차가 지날 때면 코를 쥐어야 한다. 쓰레기 처리장에 견학을 갔더니 머리가 지끈거렸었다.

우리 집에서는 가축이 더러는 처리한다. 나머지는 환경 통을 만들어 발효시켜 퇴비로 사용한다. 농촌이라 가능하지만, 아파트나 도시에서는 어림없는 일이겠다.

수거된 음식물 쓰레기는 가축 사료로 가공되고 퇴비로 만들어진다고 하지만 문제가 많다. 염도가 높고, 상한 음식이 섞이지 않을 수 없다. 그런 사료로 키우는 가축이 과연 건강할 것인가. 양돈장과 양계장에 악취를 줄이기 위해 미생물 지원차 많이 드나들었다. 싼 고기를 이용하는 식당엔 가지를 않는다. 음식물쓰레기 속에 비밀이 숨겨져 있기 때문이다.

음식물 쓰레기를 별도로 수거하는 나라는 세계에서 우리나라뿐이라 한다. 한국의 푸짐한 식생활 습관이 가져다 준 음식물 쓰레기가 건강, 환경, 경제를 망치고 있음이 개탄스럽다.

견학차 일본 열도를 8일간 돌아다녔다. 식사마다 푸짐하게 내온 건 단 한 차례도 없었다. 반찬도 두세 가지에 두어 번 집어 먹을 양이 전부다. 필요하면 돈을 더 지불하고 주문을 해야 했다. 잔반이 생길 리가 없다. 비록 적대시하는 나라지만 그것만은 배웠으면 좋겠다.

문학동호회, 동창회, 각종 행사가 끝난 자리엔 음식물 쓰레기로 넘쳐난다. 음식을 주문해도 먹다 남을 만큼 많은 양을 시킨다. 과식이 건강을 해치는데도 그런다. 그게 끝이 아니다. 배부르게 먹고 나서 다시 찻집이나 맥줏집으로 들어가는 것도 흔하다. 왜 그리 먹어댈까, 비만 인구가 급속히 늘어나는 데도 한몫을 하고 있는데….

과식과 서구화 식단으로 고혈압, 당뇨, 순환기 질환이 급속히 늘어나는데 습관을 버리지 못한다. 요식업종이 우리나라만큼 많은 나라가 없다 하듯이 이곳도 줄줄이 어깨를 맞대고 들어선 게 식당이다.

대한민국은 그 좋지 않은 습관을 속히 버려야 한다.

작품 평설

양재봉 제3수필집 『인연의 끈』 작품 평설

"수많은 체험이 잎으로 돋아나 광합성 왕성한 나무의 서사敍事 가팔라"

東甫 김길웅 (수필가 · 시인 · 문학평론가)

1_

양재봉 수필가(이하 양재봉)는 이제 초로로 나이 64세다. 이순을 훌쩍 넘겼으되 아직 기력 쇠하지 않았으니, 자득自得의 눈을 떠 삶의 경계 이곳저곳을 넘나들어 좋을 시기다. 수필은 그 결과물을 담기에 최적의 그릇이다. 때맞춰 이즈음 그의 수필 쓰기가 한여름 햇발같이 뜨겁게 달아오르고 있다.

1, 2 수필집 『겨울 산딸기』와 『다독이는 소리』를 평설하면서 다소 꼼꼼하지 못했던 아쉬움이 있어 이번에는 더 가까이 다가가 그의 작품 세계를 돌아보기로 한다.

여느 작가와는 색다른 삶의 역정에 눈이 오래 머무른다. 그의 작품은 모두, 이를테면 몸으로 때운 직접 체험의 난장 같다는 느낌으로 오는 싱싱한 날것들이다. 읽게끔 끌어들이는 미묘한 힘을 지녔다.

양재봉이 겪은 어릴 적 가난은 보편성을 벗어나 있어, 시대가 그랬다 할 것이 아니다. 어린 나이로는 감당하기 어려운 그야말로 적빈赤貧의 극한이었다. 웬만한 의지로는 버티지 못해 주저앉아 좌절하고 말았을 것인데, 당차게 부딪치며 견뎌 온 사실에 주목하게 된다. 그의 수필을 읽으려면 과거에 그가 겪었던 체험이 전제될 수밖에 없는 이유다.

「12세 때부터 2년간 꼬마 목수, 14세에 중학교에 입학해 학교 사환으로 근무하며 졸업, 중학생 때부터 부모님 병환으로 소년가장이 돼 약초를 캐고, 삼부토건 막노동 · 우체국 전보원 · 오일장 청소부를 하며 식구를 먹여 살림, 17세에 부산에서 2년간 철물상 점원, 19세에 농업에 입문 21살에 양돈 · 귤 농사 5년으로 가난에서 벗어남, 4H 조천청년회장, 28세 방통고 입학 학생회장, 33세에 새경공예 특산단지 설립 동종 업계에서 매출 1위, 40세에 서예 입문(한글·한문·전각·서각·문인화) 전국대회 오체상 수상, 41세에 환경 대상 수상으로 환경교육지도자, 52세에 방통대 환경보건학과 졸업, 조천읍도서관 서예 지도 강사 · 운영위원장, 환경부 장관 위촉 환경교육 강사, 2005 한라환경 대상, 2011

국제와이즈맨 환경봉사 대상, 2012 전국 환경교육전문가 콘테스트 대상 받음.」

'12세 때부터 2년간 꼬마 목수…'로 시작해 극빈한 삶이 바야흐로 안정 기반에 이르른 30대 후반까지 그의 삶은 방황과 표류와 추락의 연속으로 참절비절한 것이었다. 그가 겪은 '가난'을 대충 나열했으니 거듭 들추지 않겠지만, 뇌리를 가득 점령해 오는 게 있다.

그가 초등학교를 졸업할 나이 14세에 문뜩 소년 가장이 돼 있었다는 사실이다. 이런 걸 운명이라 하는가. 1958년생으로 산업화 직전의 어두운 시대상을 염두에 두더라도 인생을 기획할 30대까지 지속된 우심한 불운에 흔들리며 그토록 부대낀 작가는 드물다. 그는 가난이라는 숨 막히는 상황에 맞서 시종 저항했고, 급기야 운명을 딛고 일어섰다. 악전고투로 시간이 걸렸을 뿐, 지금 그는 고래 등 같은 3층 집에 경제적으로 풍족하고 신체적으로도 무탈해 오히려 쇳덩이처럼 탄탄하다.

이제 그는 문인으로 글을 쓰고 있고, 체험을 바탕으로 한 그의 수필은 눈물겨운 삶의 궤적으로 고스란히 남는다. 살얼음 위를 딛고 선 아슬아슬한 위기가 어찌 겁박하지 않았겠는가. 놓쳐선 안될 것이 있다. 그의 체험 모두가 절박한 현실과의 사투 끝에 얻어낸 전리품이라는 것이다. 그의 수필은 흔히 말하는 '체험 운운'과 차원을 달리한다는 뜻이다. 분위기를 직접 체험을 통해 쓰기 위해 일부러 죄를 범해 여러 번 감방에 들어갔던 작가도 있었다. 양재봉은 가난을 떨치고 일어섰다. 과거 혹독한 가난에 길항拮抗했던 체험들이 그를 더욱 강하게 만들었고, 더 일하게, 더 움직이게, 더 만들게, 더 탐구하게, 더 새기고 휘호하고 글을 쓰게 했다.

"수많은 체험이 잎으로 돋아나 광합성 왕성한 나무의 서사敍事 가팔라"는 고민 끝에 양재봉의 삶을 함축한 이 평설의 글제다. 한 구절 짜내느라 며칠을 고뇌하며 앓았다. 키워드는 광합성이다. 광합성이란 나무의 엽록소가 태양의 빛 에너지를 이용해 공기 중에서 빨아들인 이산화탄소와 뿌리에서 흡수한 수분으로부터 탄수화물을 생성하는 일련의 화학반응을 일컫는다. 치열하게 쓰는 수필가에게 광합성은 그 질료質料인 체험을 심층 깊이 갈무리해 축적하는 일이다. '수많은 체험이 잎으로 돋아나 광합성 왕성한' 게 양재봉의 문학이고, 그의 수필은 바로 그 체험을 담아낸 적나라한 '서사의 가파른 기록'이라는 의미다.

어느 글에서 그는 "직접 겪지 않은 건 쓰지 않는다."고 말하고 있었다. 양재봉의 수필은 자신의 체험 아닌 것은 쓰지 않을 만큼 가장 수필적이다. 여기 실린 60편의 작품을 샅샅이 섭렵했거니와, 9할에서 더 넘게 직접 체험의 성과물임에 새삼 놀랐다. 그만큼 그의 작품은 수필의 본질, 그 본원本源에 닿아 있다. 그가 품고 사는 수필을 향한 애틋하고 강렬한 애정을 실증하고 남는다.

2_

① 큰 사고도 아니고 차가 긁힌 정도니 문제될 것은 없다. 맘 좋은 차주와 다툼 없이 보험 적용 받아 수리하기로 해 일단락 되었다. 잊고 일을 보며 시간은 흘러갔다.

다음날 차주에게서 전화가 걸려왔다. 1급 자동차 수리 업체에 맡겼더니 수리비가 110만 원이라며 과한 수리비에 놀란 목소리다.(중략)

보험회사에서 부담할 금액이다. 차주에겐 1급 수리 공장에서 수리받는 게 좋다. 하지만 그는 2급 정비소로 옮기며 불편을 감수하고 있었다.(중략)

그는 공손한 인사도 늘 잊지 않았다. 미안합니다. 고맙습니다. 안녕히 계세요. 그도 불법주차로 10%의 책임을 져야 한다. 적은 돈이지만 피해액이 있으면서 시종 관대할 수 있다는 게 예사 사람이 아니라는 생각이 들었다. 타인에 의해 그런 사고가 나면 화부터 내고 목소리 높이는 게 상식처럼 굳어진 사회 아닌가.

— 〈목소리〉 중에서

② 집으로 와 무게를 달아 보았다. 25kg을 조금 넘긴다. 예상대로다. 허탈한 가슴을 쓸어내려야 했다. 확인하지나 말 것을.

한 포대 도정비로 일만 오천 원이나 받았는데, 그런 짓을 한 정미소에 불만을 가져 보지만 칼자루를 쥔 사람이 그다. 마을마다 있던 정미소가 하나씩 사라지더니 도정을 부탁하려니 불만을 대놓고 말할 수도 없다. 냉가슴만 탄다.

— 〈삥 뜯는 사람들〉 중에서

①과 ②는 똑같이 사회 현실과 혹은 인정을 모티프로 하면서도 등장인물의 성격은 극명하게 대조적이다. ①의 차주는 자신에게 피해가 돌아가더라도 상대를 배려하는 인성의 소유자인 데 반해, ②의 도정업자는 농민이 맡긴 보리를 도정하면서 속임수를 쓰는 악덕이다. 두 글에서 정의와 불의, 윤리와 부도덕, 양심과 비양심이 정면 대립하면서 충돌하고 있다.

양재봉은 교통사고 당사자로서 자기의 불이익도 감수하며 상대 입장이 되려는 젊은이에게서 자신을 돌아보며 한 수 배운다. ①에는 교통사고 현장에서 흔히 볼 수 있는 고성의 목소리도 없다. 자신에 대한 반성과 성찰은 바로 이런 일상에서 발원한다.

한데 ②의 도정업자는 보리쌀 5kg을 눈속임으로 부당하게 탁취했다. '삥 뜯는'이란 말은 힘 있는 자가 사회적 약자에게서 재물 따위를 뺏거나 내놓게 하는 행위다.

구체적 예시로써 사회의 비리를 고발하고 있다. 선 · 악 시 · 비가 교차하면서 화자의 날 선 시선이 독자를 향해 선택하라 촉

구하고 있지 않은가. 독자의 몫으로 돌리고 있는 것이다. 수필을 완성하는 것은 독자다.

① 뒤에서 오토바이 소리가 들리는가 싶더니 다가온 자전거가 내 차로 픽 쓰러진다.(중략)

혹시나 하는 불안한 생각에 차에서 내렸다. 아이는 멀쩡하다. 차를 살펴보니 제법 길게 그어 버린 흠집이 보인다. 오토바이 운전자가 혼잣말인지 아이가 들으란 소린지 내놓는 말, "비싼 외제차를 긁었으니 이를 어째."(중략)

② 자전거 타기 실력이 부끄러웠을 아이가 그 말을 듣는 순간 얼굴이 발갛게 변했다. 곧 울음이라도 터트릴 기세다. 초등학생에게 뭐라 하랴.

"괜찮다. 공터에 가서 연습 많이 하고 타거라. 잘못하다가 다칠라."

아무렇지도 않은 듯이 말은 했지만, 아들 얼굴이 떠오른다. 죄를 지은 마음에 꿈틀대는 불편함.(중략)

③ 열일곱 살에 부산으로 올라갔다. 철물점 점원으로 취직이 된 것이다. 가게를 보고 수금해 오는 것이 내게 주어진 임무다. 자동차가 귀했던 시절이다. 근무하는 형들은 묵직한 짐 자전거로 여러 상자를 거뜬히 싣고 거래처에 배달하거나 화물 취급소로 가서 지방으로 보냈다.

자전거 타기는 초보였다. 혼자 맨몸으로는 그런대로 달렸지만 작은 물건이라도 얹으면 비틀거렸다. (중략)

트럭 옆을 지나가고 있었다. 맞은편에서 오는 차를 피해 트럭 옆으로 붙인다는 게 그만 트럭을 받고 말았다. 가늘게 그어진 흠집이 보이지만 트럭엔 그보다 더 큰 흠집들이 많이 보였다. 장기를 두던 차주가 벌떡 일어서서 다가오더니 실금을 보면서 변상하라 윽박지른다. 늦봄 더위에 러닝셔츠만 입고 나왔었다. 서툰 자전거 타기로 땀에 흠뻑 젖은 날 스캔하듯 위아래를 검색한 그가 자전거에 실린 아교를 수리비 대신이라며 가져가 버렸다.(중략)

④ 아들이 임시 조치를 한다며 흠집 제거제를 바르고 있었다. 연신 문지르며 구시렁거린다. 마음에 들게 제거되지 않는가 보다.

"아니, 초보운전도 아니고, 어디다 긁힌 거야?"

— 〈초보운전〉 중에서

①아이가 탄 자전거에 차 긁힘→②겁먹은 아이를 안심시킴→③17살 때 철물점 점원으로 자전거를 타고 배달 나갔다 트럭을 받음→④아들의 구시렁거림으로 진행되고 있는데, 모두 그가 직접 겪었던 일이다.

양재봉이 내놓는 메시지를 제대로 수용해야 한다. 차를 긁은 아이를 ②에서 다독이는 건 점원으로 일하던 자신이 미성년일 때 자전거로 남의 차에 흠집을 냈던 과거의 트라우마에 연유하고 있음에 주목할 일이다. 연민憐憫해서다. 그런 동정 심리가 작동하면서 ④의 바로 자신에게 다가올 (차 임자) 아들의 나무람 따위는 전혀 문제 될 게 아니었다.

요즘 삭막한 세상에 화자는 뜻하잖은 사고로 당황해하는 아이를 달래며 위안의 말로 품어 안았다. 화자의 따뜻한 인간미가 스며 있는 작품이다. 모두 사고 현장에서 이뤄지고 있어 등장하는 사람들의 숨결까지 느끼게 사실감이 넘쳐난다.

몇 년 전, '교육농장'으로 선정되었다. 아내가 전통음식을 강의하고 나는 미생물과 환경을 교육한다. 이름을 지어야 한다. 어감이 좋은 이름을 짓는다며 온 가족이 머리를 맞대었다, 우리가 해야 할 교육의 대표적인 전통음식 감주의 '감'과 조청의 '청'을 합성하고 장소를 뜻하는 '마루'를 넣어 '감청마루'로 의견이 일치되었다.

간판이 필요했다. 포클레인을 이용하여 입구에 커다란 바위를 세웠다. 전기를 끌어다 함마드릴로 이름을 조각했다. 뾰족한 정에 쪼이고, 넓적한 정에 맞은 바위 조각들이 튀기길 한 시간쯤 흘렀을까. 윤곽이 드러난다. 하얀 페인트로 덧칠했더니 멋진 간판이 완성되었다.

지정해 준 농업기술센터 담당과 컨설팅 업체에서 보더니, 36개 교육농장 중에서 가장 비싼 간판이라며 웃는다. 이름도 예쁘고 부르기 좋아 전달도 잘될 뿐 아니라 흘림글씨가 멋지다며 칭찬한다.(중략)

우편물을 받아들고 겉봉을 뜯었다. 씁쓸한 마음으로 바라본다. 내 차가 과속으로 단속되었으니 벌금을 내라는 통지서였다. 위반 장소가 '감청마루 앞'이라며 도드라지게 굵은 글씨로 적혀 있다.(중략)

이름과 내 명의의 차와 집 주소, 자랑스럽게 내걸었던 '감청마루' 상호까지 또렷이 적힌 법규 위반통지서, 조금만 차분히 살았다면 내 집 앞에서 과속하는 잘못을 범하지는 않았을 것이다. 명명하느라 머리를 맞댔던 우리 가족은 몇인가.

— 〈부끄러운 이름〉 중에서

'감청마루', 전통음식 교육장 이름으로 절묘하다. 명품이다. 온 가족이 머리를 맞대 작명한 걸작품이다. 한데 양재봉이 차를 과속으로 몰아 그만 단속에 걸렸다. 하필이면 그렇게 좋아했던 이름 '감청마루 앞'에서다. 차분하지 못해 사소한 사고로 애써 만든 '감청마루'가 순식간에 부끄러운 이름으로 전락해 버렸지 않은가. 양재봉은 심성이 대쪽같이 올곧아 결곡한 사람이다. 소소한 일이라고 남은 웃어넘길지 모르나 화자는 매우 심각하다.

결말 문장이 눈을 붙든다. "사람은 이름 석 자를 남긴다. 사람으로 태어났으니 좀 더 신중하게 살아야지." 가슴 쳤을 것이다. 일을 저지르고 난 연후에 얻는 게 혹독한 자기성찰이다.

또 비가 내린다. 콰르르 양철지붕을 때리고, 후드득 시멘트 바닥을 두드린다. 짧은 시간인데도 물줄기가 한데 만나 개골창을 만들며 흘렀다. 질박하니 고인 물 위엔 물풍선이 만들어졌다 사라진다.(중략)

집을 나서서 들길을 달리는 차창 밖을 바라보는 아내의 근심어린 표정이 눈에 들어온다. 아내의 한숨 소리가 선명한 빗줄기 속으로 날아갔다. 한 움큼씩 베어내 1층 출입구에 세워 놓은 참깨가 떠오른다.

'그까짓 것. 많지도 않은 건데 사다 먹으면 될 걸 갖고….' 마음속으로 나무랐다.

그게 아니었다. 아낸 많은 양을 재배한 전문 농업인의 참깨를 걱정하고 있었다. 이미 베어내 햇볕에 말리던 길가의 참깨 더미, 비닐로 꽁꽁 싸매고 덮어 비를 피한다지만 긴 가을장마에 모두 썩어 버릴 거라며 울상이다. 남의 일 같지 않은 모양이다.

— 〈얄미운 가을장마〉 중에서

가을장마는 가을걷이를 망쳐 놓는 결정적 자연재해다. 철마다 한길 가에 참깨를 가지런히 세워 말리는 농촌풍경이 떠오른다. 가물어도 참깨는 풍년이라는데 거둬들일 즈음에 가을장마라니. 연일 비가 오면 길섶에서 썩어 버릴 게 아닌가. 농사는 하늘이 짓는다는 말이 그냥 나온 게 아니다.

화자는 집 현관 앞에 세워 놓은 몇 더미 참깨를 떠올린다 싶어 나무랐는데, 아내는 그게 아니었다. 지역 농민들을 걱정한 것이다. '가을장마로 수박, 참외 여름 농사를 죄다 망쳤는데 참깨마저 망치면' 하고 조바심친 것이었다.

화자, 나중에야 '나는 스쳐 지나는데 여자는 자상하고 섬세하구나.' 감탄하고 있다. 농사를 걱정하는 화자의 아내, 전통음식 교육자답다. 이런 사소하고 미세한 '기미機微'가 수필에 아기자기한 무늬를 아로새겨 놓아 슬며시 미소를 번지게 한다. 그래서 수필은 고단한 정신을 위무하는 묘약이다. 양재봉은 이런 5매 수필의 압축과 암시의 기법에 상당히 익숙해 있다. 오랜 학습효과다.

고등학교 2학년이 되자 황순익 선생님과 인연이 시작되었다.(중략)

선생님이 권해서 학생회장에 출마했다. 선생님께서 넌지시 퍼뜨린 그런 선행이 많은 표가 되었을지 모른다. 나와 친한 아이들에게 재봉이가 선거에서 떨어지면 학교 그만두라는 반농담으로 하신 선거 협박이 날 학생회장으로 만들었을 것이다.

선생님을 존경했기에 어려운 분이다. 선생님은 형님처럼 생각하라고 하셨지만 내 안에 그 존경이란 선이 어떤 의미가 되어 무조건 다가가는 게 조심스럽다.(중략)

세월이 흘러 선생님 자녀들도 결혼하게 되었다. 4남매의 결혼식에 모두 아내와 함께 참석했다. 반갑게 맞아 주신 선생님과 사모님께서 가족사진을 찍을 때 같이 찍자고 하셨다. "너는 내 가족과 다름없는 사람이다."는 말씀 끝에 엉겹결에 대답은 했지만, 아닌 것 같았다. 아내와 슬며시 자리를 피했다.

선생님과의 인연이 어느새 40년을 향해 달려간다. 환갑을 넘긴 제자의 눈에 많이 늙으셨구나 하는 생각으로 가슴 아리다.

—〈인연의 끈〉 중에서

모든 것은 인因과 연緣이 몇 억 분의 1의 확률로 만나 생겨난다고 한다. 그만큼 인연은 귀해 어렵고 또 귀하고 어려운 만큼 소중해 값지다. 전생의 인연이 금생으로, 또 이번 생의 연분이 내생이 되기도 한다. 고2 때 담임선생이던 황순익 선생과의 인연은 더없이 소중하다. 선생이 자기 자녀 결혼식 가족사진에 같이 찍자 할 정도다. 가족으로 여길 만큼 도탑게 됐으니, 그냥 인연이 아닌, 선연善緣이다. 양재봉은 "마음속에 깃든 존경이란 '인연의 끈'이 있어 든든하다."고 했다.

나는 이 표제작을 읽으며 작품집 표지화를 떠올리고 있다. 눈 앞으로 확 틘 큰 바위가 만들어낸 공간으로 시선이 빠져나가면, 너울 이는 바다 위에 여객선 한 척이 떠 있다. 화자 내외와 스승님 내외가 함께 울릉도에 갔다가 이 바위굴에 앉아 쉬며 촬영했다고 한다. 바위에서 뚫린 공간과 화자의 앵글 그리고 때마침 지나가던 배의 삼중주, 인연이다. '인연의 끈'이다.

화장실로 들어섰더니 흰 가운에 유난히 희어 보이는 모자를 쓴 요리사가 먼저 와 볼일을 보고 있었다. 곁에 섰다. 볼일을 다 본 그는 세면대 앞에 서더니 거울만 한번 쳐다보며 옷매무새를 잡고는 그대로 나갔다. 깜짝 놀랐다. 요리사가 손을 씻지 않고 나가다니.(중략)

푸짐한 음식이 앞에 놓였건만 먹을 수가 없다. 모든 음식이 그 불결한 손으로 만들었을 거라는 생각이 커져만 갔다. 특히 초밥을 바라보자니 속이 다 울렁거렸다. 그곳을 붙잡고 볼일을 보았을 모습만 떠오른다. 입맛이 없다며 음식은 물론 물도 마시지 않았다.(중략)

저녁을 굶었던 우린 친구가 단골로 다니는 근처 포장마차로 걸음을 옮겼다. 김이 모락모락 오르는 뜨거운 어묵 국물에 국수를 말아 달라고 주문했다.

국수가 나오자 맛있게 먹고 있었다. 포장마차 주인도 한가하니 우리랑 말을 섞으며 배가 출출한지 먹을 것을 찾는다. 그는 어묵을 끓이는 통에서 국자로 국물을 뜨더니 반찬을 집는 톱니 달린 집게로 조금씩 집어넣으며 먹기 시작했다. 치아에 닿는 금속음이 까르륵까르륵 들려왔다. 손님에게 떠 주는 집게가 그의 젓가락으로 쓰이고 국자는 국수 그릇이 되고. 김치를 먹고 나서 우리 반찬 그릇에 부족한 걸 그걸로 얹어 준다. 그 후론 포장마차에서 음식을 먹어 본 적이 없다.(중략)

아이들과 짜장면을 먹으러 갔던 중국음식점에선 와작 하고 씹히는 걸 손바닥 위에 뱉어냈더니 으깨진 벌레가 보였다. 그 식당을 떠올리면 지금도 소름이 돋는다. 그런 이유로 외식을 피해 왔다.

—〈위생〉 중에서

온 신경이 식당 쪽으로 쏠리게 한다. 한두 번 겪기도 하는 일이나, 양재봉에게는 여러 차례 잡혔다. 속설에, 음식을 먹다가 머리카락 같은 이물질이 나오면 '성질머리 패라운(성질 까다로운) 사람 눈엔 그런 게 잘 나온다'고 한다. 양재봉은 미생물 · 환경을 연구하는 그쪽의 전문가인데다 결벽하다 할 만큼 철두철미한 성격이다. 그런 눈에 도대체 두루뭉술 넘어가겠는가. 화자의 수필이 이렇게 자신의 겪은 체험을 소재로 한 것임이 어지간히

실증됐다.

이건 아니다, 해로운 일이다 하면 대충 지나가는 법이 없다. 식당에서 났다는 '까르륵까르륵' 소리 그리고 입안에서 난 '와작' 하는 소리가 들리면서 잔뜩 미간을 찌푸렸을 화자의 일그러진 얼굴이 눈앞에 선하다. 음성상징이 실감을 더해 준다.

> 내 뜻대로가 아닌 자연이 만들어 놓은 형태에 따라 순응해야 함이다. 자칫 잘못 다루면 강하지 못한 현무암의 특성상 깨어져 버린다. 무늬와 구멍을 잘 파악하여 깎아야 예술 작품으로 승화돼 비로소 제주 현무암 돌 시계가 탄생하는 거다.
>
> 처음엔 내 뜻대로 모양을 깎으려 고집했다. 절단기를 선택함도 내 뜻이요, 속도를 높여 대량생산을 해야 하는 것 또한 사장인 내 명을 따랐다. 돌은 내가 돈을 주고 사 온 재료일 뿐이라고 생각했다.
>
> 돌은 그런 나를 용납하지 않았다. 작업 도중에 깨어지거나 완성품이 되어 진열대에 올랐다가 실금이 발견되어 반품이란 오명을 안겨주곤 했다. 자연을 거스른 대가다.
>
> 고집을 내려놓았다. 돌이 원하는 결을 따라갔다. 그제야 돌도 나를 받아들였는지 더는 불량품이 나오질 않았다.
>
> — 〈자연의 흐름대로〉 중에서

붐을 타고 관광산업 대열에 뛰어들어 제주 현무암을 활용해 벽시계와 탁상시계를 만들던 때의 일을 배경으로 설정했다. 구멍 숭숭 뚫린 현무암으로 오름, 한라산, 돌하르방, 정주석 모양을 깎고 거기다 정밀시계를 단 제품을 만드는 데 어려움이 많았다 한다. 까딱 잘못하면 불량품이 나오기 때문이다.

양재봉은 가까이 지내는 J 선생의 신문 칼럼에서 영감을 얻었다. 〈마음의 시소〉란 글에 나온 말, "석수는 돌이 원하는 상을 조각한다." 무슨 계시처럼 격하게 공감했다. 고집을 버리고 "돌이 원하는 결을 따라가자." 했다. 순리대로 하는 게 자연이다, 자연을 거스르면 안된다. '자연의 흐름대로', 그건 터득이었다.

표면만 보던 눈이 사물의 본질을 보게 된 것. 화자가 마침내 마음의 눈, 곧 심안心眼을 뜨게 된 것이다. 이 경계에 도달하기 위해 얼마나 고뇌했을 것인가. 아픔 없이 태어나는 생명은 없다. 진일보해 "글쓰기도 다름이 없다,"고 술회한다. 일과 글쓰기, 양자 간의 유의미한 접목이 난만한 지경에 도달했다.

> 지마가 산통을 시작한다. 꾹꾹 눌러 참는 걸까. 우우웡 우우웡 가끔 내는 신음에 가슴이 아리다. 개집으로 들어가 배를 쓸어주며 고통을 나눴다. 반나절 그러더니 귀여운 강아지 다섯 마리를 낳았다.
>
> 강아지가 나올 때마다 지마는 혀로 새끼 몸을 깨끗이 핥아냈

다. 물에 빠진 모양이더니 차츰 뽀송뽀송한 털이 선다.

(중략)

개집 안은 항상 청결하다. 오줌 냄새 하나 없다. 어떻게 아는지 새끼가 오줌을 누기 시작하면 재빨리 혀를 들이대고 핥아먹는다. 다섯 마리가 내어놓는 분뇨가 적지 않을 성싶은데 지마는 그걸 다 받아먹어 치운다.(중략)

커다란 물그릇이 없어졌다. 조금 전에 떠다 놓고 잠시 자리를 비웠는데 감쪽같이 사라진 것이다. 다시 빈 그릇을 가져다 물을 가득 채워 놓으면 또 없어진다. 밥그릇은 그대로인데 궁금했다. 멀리서 지켜보았다. 내가 자리를 뜨자 지마가 물그릇을 물고 솔숲으로 옮긴다. 물이 쏟아지지 않게 살며시 아주 조심스럽게 그 작업을 하고 있었다. 제 새끼가 물에 빠질 것을 걱정하는 것 같았다.(중략)

강아지들은 항아리처럼 배가 나오자 그제야 밥그릇에서 입을 뗀다. 지마는 먹다 남은 걸 코로 깔끔하게 모아놓고 먹질 않는다. 그렇게 좋아하던 고기도 남겨두고 침만 삼킨다.

— 〈모성 본능〉 중에서

TV에서 동물농장을 보는 느낌이다. 개를 영물이라고는 하나 믿어지지 않게 신기하다. 출산 직후 새끼를 혀로 핥는 거야 흔히 보는 것이지만, 새끼의 분뇨를 누는 족족 먹어 치운다든지, 제 새끼가 물에 빠질세라 물그릇을 치우는 장면은 놀랍다. 더욱이 고기도 남겨두고 '침만 삼키는'에 이르러 입이 다물리지 않는다. 한낱 짐승에게서 인간 못지않은, 모성의 원형을 느낀다. 작은 감동이 아니다.

이 수필 또한 양재봉의 전매품이라 할 체험에서 탄생했다. 쓰려고 별렀던 것처럼, 집에 기르는 동물에서 관찰안을 번득였을 화자를 떠올리니 절로 웃음이 난다. 평소 내가 그를 미더워하는 진득한 인간적 신뢰가 그냥 여차한 것이 아니라서 흐뭇해, 읽고 또 읽었다.

묘사가 섬세하고 치밀한데다 구상하고 설계했던 대로 풀어낸 작품임이 명확하다. 완성도가 높아 이 수필을 양재봉의 대표작으로 올려놓는다.

3_

양재봉은 많이 쓴다. 쓰고 퇴고하는 족족 필자에게 보내 수정을 거친다. 일방적 수정이 아니다. 양방향 교호작용에 의해 작품의 완성을 도모하려는 오고 감, 곧 완성 지향의 접근적 노력의 일환이다. 그의 '체험 수필'이 내 글쓰기에도 적잖은 자극이 되고 있으니 서로 학습량을 부풀려 나눠 갖는 방식이 되고 있다. 문학에는 지존도 왕도도 없다는 게 내 지설이다. 결국 혼자서 연단鍊鍛함으로써 성장 발전하면서 진화한다.

거듭 얘기하게 된다. 양재봉은 수많은 체험이 수천수만의 잎으로 무성해 광합성을 왕성하게 하는 초록의 여름 나무로 항상 그 자리에 부동의 실존으로 서 있다. 잘라 말해 해맑은 영혼의 실체라 하고 싶다. 작품 속엔 그가 인간답게 살려고 숨 가쁘게 버둥거려 온 체험으로 차고 넘친다. 그의 수필을 읽으며 그 현장에 함께 섞여 덤으로 누리는 긴장감이 썩 좋다. 아무래도 수필은 관념이 아닌 직접 체험이 진액津液인가 한다.

그의 체험은 40년을 부려 온 늙은 경운기로 밭을 갈아엎고 막 파낸 흙 묻은 고구마를 잔뜩 싣고 달달달 어둠이 내리는 들길을 굽이굽이 내려오는, 거멓게 그을린 건장한 자의 체취 같은 투박한 것이다. 그래서 그의 수필은 드물게 현장적이고 역동적이다. 그만큼 체험적이라 사실적이고 건강할 수밖에 없다.

여기서 나는 "작가의 글쓰기가 독자에 의한 '읽기'로 전환되지 않으면 문학 작품으로서 그저 종이 위에 박힌 검은 흔적일 뿐"이라 한 사르트르의 말을 되새긴다. 독자를 글 속으로 끌어들이기 위한 요건으로 여러 가지 있겠지만, 일단 외면하기 전에 독자를 자신의 글 속으로 들어오게 유인하기 위한 장치가 필수다. 독자와의 거리를 좁히려면 라포를 형성해 놓아야 한다는 의미다. 이것은 독자에 대한 작가의 간곡한 의도일 뿐, 저자세도 포퓰리즘도 아니다.

주문하고 싶은 게 있다면, 수필의 궁극적 목표는 인간 탐구에 있음을 재인식했으면 한다. 다양한 소재로 좀 더 수필의 외연을 넓히면서 새로운 수필 세계에 들어가 일신 우일신日新 又日新해 보다 신명 났으면 좋겠다는 뜻이다. 이왕 내친김에, 토굴에 들어 수행하는 수도승처럼 해 봤으면 권하고 싶다.

사족이다. 2년 전에 시인 등단했으니 버겁지 않은가. 두 개의 장르를 짐 져야 하니 곱절의 에너지가 필요할 것이다. 등단하면서 반짝했다가 시류에 휩쓸려 찰나에 사라지고 만다면 등단작이 대표작이 되는 수가 있다. 얼마나 부끄럽고 허망한 일인가. 나도 마찬가지, 몇 년 앞서 겪고 있는 일이라 해 보는 넋두리다.

양재봉 제3수필집
인연의 끈

초판인쇄 2021년 8월 20일
초판발행 2021년 8월 30일

지은이 양재봉
펴낸이 노용제
펴낸곳 정은출판
주 소 서울특별시 중구 창경궁로 1길 29 (3F)
전 화 02-2272-9280
팩 스 02-2277-1350
이메일 rossjw@hanmail.net
홈페이지 www.je-books.com

ISBN 978-89-5824-433-2 (03810)
값 13,000원

· 이 책은 제주특별자치도와 제주문화예술재단의 2021년도
제주문화예술사업으로 후원을 받아 발간되었습니다.